KV
Kummli Verlag

Walter Miesch, geboren 1939, lebt in Basel.
Er arbeitete im Fernmeldebereich, ist heute
pensioniert.

»Brämenfass« ist sein erstes Buch.

Walter Miesch

Brämenfass

Erzählung

1. Auflage 2010

Bild Titelseite: © Agentur Mediendienst Zürich
Gesamtherstellung: Kummli Verlag, Bellach
www.kummliverlag.ch
Gesetzt aus der Sabon
Gedruckt auf chlorfrei gebleichtes Papier
Printed in Switzerland

ISBN 978-3-9523658-1-6

Für Rita. In Liebe.

Die Begegnung

Mit klopfendem Herzen und grosser Angst musste ich zum Bahnhof gehen: Mein Vater sollte heute auf Besuch kommen. Bis jetzt ging es mir recht gut ohne Vater. Es ist aber sicher ein gutes Gefühl, etwas zu haben, das nur mir gehört. Denn in dem Heim gab es noch 250 andere Kinder, die auch gerne einen Vater vorzeigen wollten. Wir hatten alle das gleiche zum Essen, zum Anziehen, ja sogar zum Spielen. Ich hatte überhaupt nichts, was nur mir gehörte, ausser der Nummer anstelle des Namens. Wir wurden alle mit einer Nummer bezeichnet. Meine Nummer war 138. Doch heute war es anders, heute kam mein Vater, nur für mich. Aber wie geht man mit einem Vater um, wie spricht man ihn an? Ich hatte sehr grosse Angst, und mein Herz meinte, es müsste zerspringen. Schon seit Tagen hatte ich nasse Hände, litt an Durchfall und Kopflosigkeit, das waren die äusseren Anzeichen für meine Angst und Unsicherheit.

Mein Vater, nur eine Bezeichnung für etwas, für jemanden? Konnte denn jeder mein Vater werden? Braucht man einen Vater, aber wozu? Ein fremder Mensch, ich hatte Angst und doch war ich voller Erwartung. Was will dieser Mensch, mein Vater, von mir? Es tönt zwar sehr schön »mein Vater«, aber was fange ich mit ihm nur an? Fragen auf einem langen Weg zum Bahnhof, und der Weg wurde immer länger respektive ich immer langsamer. Mitten in der Landschaft, zwischen den Obstbäumen, stand ein kleines Häuschen, der so genannte Bahnhof, zu dem ein schmaler, staubiger Weg führte. Die nächsten Häuser waren ungefähr 15 Minuten davon entfernt. Zum Dorf brauchte man gut 45 Minuten.

Man konnte eigentlich nicht von einem Bahnhof sprechen, eher von einem Halt auf Verlangen. Wenn 12 Personen vor dem Regen Schutz suchen wollten, hatten nur 11 eine Chance, so klein war das Gebäude. Der Zug kam und ging immer in schräger Haltung, da alles in einer engen Kurve lag. Dafür konnte man den Rauch und das Schnauben der Dampflokomotive schon von weitem sehen und hören. Nun war es also so weit. Lautes Quietschen der Bremsen und dann stand ein einziger Mensch auf dem Perron. War das nun mein Vater? Vor mir stand ein Mann mit farblosen, viel zu grossen Hosen. Einem fein gestreiften Kittel, den er nicht mehr schliessen konnte, mangels Stoff. Sein Hemd hatte keinen Kragen.

Auf dem Kopf ein Beret. Eigentlich hatte ich mir meinen Vater anders vorgestellt, ich war etwas enttäuscht. Ich stand lange da bis ich den Mut fand auf ihn zuzugehen: »Sind Sie mein Vater?«

Ja, sagte dieser Mensch, mein Vater, aber nur, wenn du Walter bist. Er musste genau so unsicher sein wie ich, denn wir kannten uns ja nicht, und jetzt hatte er seinen Sohn gefunden, wenn der Kleine da Walter hiess? Gefühle hatten wir wohl beide. Ich kann nur meine beschreiben, es waren Angst und Neugier.

»Dann sind Sie mein Vater« sagte ich, und er nickte mit dem Kopf, »Ja, ja, wenn du Walter heisst«, wiederholte er und lachte. Und das wusste ich natürlich sicher, Walter und 138, sagte ich. Und ich wiederholte, ja Walter und 138. Ein paar Augenblicke der Unsicherheit spürte ich auch bei meinem Vater, doch dann streckte er seine grossen kräftigen Arme nach mir aus und hob mich zu sich empor. Ich weiss nicht, wie lang ich so hochgehoben wurde, es war mir nicht unangenehm, ja ich genoss es sogar, trotz meiner grossen Angst. Ich glaubte, ausgeheult zu haben, doch ich spürte, wie meine Augen feucht wurden.

Es waren nicht die Tränen, wie sie in dem dunklen Keller, in dem ich zu oft eingesperrt war, aus mir flossen. Nein, diese Tränen jetzt waren leicht und warm, sie kamen von einem Ort in mir, an dem ich mich selten wahrnahm. Trotz seiner grossen Hände strich er mir zärtlich über die Haare. »Wie geht es dir, Walter?« fragte er mich.

Ich nickte nur, denn von sprechen konnte in diesem Moment nicht die Rede sein, zu viele Gefühle steckten mir im Hals fest. Mit sehr viel Vorsicht stellte er mich wieder auf den Perron, streckte mir seine grosse Hand hin und fragte: »Wohin gehen wir?«

Den Kopf gebeugt, schritten wir vom Bahnhof in Richtung Heim. Zwischen dem Heim und dem Bahnhof lagen zirka drei Kilometer staubige Landstrasse. Immer wieder schaute ich verstohlen zum Vater hinauf. Mein kleines Herz musste heftig und sehr laut geschlagen haben. Er fragte mich: »Hast du immer noch Angst vor mir?«, und ich nickte. Was gar nicht stimmte, denn ich hatte übergrosse Angst. Aber meine Hand war noch immer in seiner grossen, festen Hand, als ich einen leichten Druck verspürte, als wolle er sagen, jetzt bin ich für dich da. Du musst keine Angst mehr haben, und schon gar nicht vor mir. Wir gingen sehr langsam unseren Weg, den Sommerwiesen entlang, weit und breit war da kein Mensch ausser uns. Wir, die noch Angst voreinander hatten und doch aus demselben Holz waren. Ich war inzwischen sicher schon über hundert Mal diesen Weg gegangen, und doch kam er mir heute so fremd vor. War dieser Baum schon immer da? Der muss erst vor einer Stunde gepflanzt worden sein, dachte ich. Lange Zeit schweigend ging ich neben dem »nigelnagelneuen« Vater her, mit Beklemmung im Herzen. Wir machten extra einen Umweg, so dass wir am Restaurant Eintracht vorbeikamen.

Die Sonne war so wunderbar warm, und ich genoss es, in einem Restaurant etwas zu trinken. Für mich war es das erste Mal. Wenn die anderen mich nur sehen könnten, die würden neidisch werden! Der Kastanienbaum spendete mir Schatten, und so konnte ich meine Augen schützen. Ich hatte etwas Mühe mit dem starken Licht. Vielleicht kam das von den vielen ungewollten Kelleraufenthalten? Tagelang und nächtelang wurde ich in einen Keller eingesperrt. Ich kannte jedes Geräusch, jeden Winkel. Oft hörte ich dann mein ängstliches Herz pochen. Phantasien mit Schatten vermischten sich zu Horrorbildern. Wenn ein Käfer über meine Hand lief, glaubte ich sterben zu müssen, die Angst war so unbeschreiblich. Ich war oft, viel zu oft im Keller, als Strafe für jede Kleinigkeit. Aber Strafe musste eben sein. Ich bemerkte, dass auch Vater mit den Augen Probleme hatte, und als er meine aufmerksamen Blicke bemerkte, lächelte er und sagte: »Du auch.«

Meine Gedanken waren aber schon wieder im Heim, bei meinen Kameraden – meiner »Familie«! Sie bestand aus 40 Kindern pro Haus mit je einem Schlafsaal. Es gab sehr strenge Rangordnungen, die Stärksten hatten natürlich das Sagen, der Rest war Schweigen und Gehorchen. Schwester Maria, eine etwas hilflose Klosterfrau, hätte eigentlich das Sagen gehabt, aber eben, hätte. Ich war ein sehr verschüchtertes Kind, ohne Mut und Selbstvertrauen.

So glaubte jeder, mir befehlen zu können. Mich gab es eigentlich nicht und doch war ich da, die vielen Schläge, meist ohne Grund, zeigten mir doch, dass ich existierte. Natürlich hatte ich eine sehr grosse Pflicht, ich musste den Stärkeren dienen.

Das hiess: Zu meinen Aufgaben noch die ihren ausführen. Aber ich konnte mich ja bei niemandem beklagen. Niemand wartete auf mich, weder Eltern noch Geschwister. Ich bekam nie ein Paket oder Briefe oder gar Besuch. So war ich ein Schwächling, und mit so einem konnte man machen, was man wollte. Mit einem Schwächling wollte doch niemand etwas zu tun haben, was würden da die anderen von einem denken. Und jetzt sitze ich mit meinem Vater sogar in einem

Restaurant. Unvorstellbar! Plötzlich bin ich jemand geworden. Ich hatte auf einmal einen eigenen Vater, den man auch zeigen konnte. Eine grosse Freude kam in mir auf und ich spürte, wie die Sonne in mir aufging. Noch aber hatte ich mehr Angst als Freude. Angst war schon immer mein ständiger Begleiter gewesen, ob im Keller oder im Schlafsaal. Ich kannte ihr Gesicht, ihre Fratzen. Sie war es, die mir ein ständiges Körpergefühl von Kälte und Hoffnungslosigkeit gab. Doch das Gefühl des Stolzes, dass es ist, wie es jetzt in diesem Augenblick ist, kannte ich noch nicht und das tat gut. Ich hatte endlich etwas Eigenes, etwas, was ich nicht mit jemandem teilen musste. Ein Vater war doch etwas sehr Aufregendes. Wenn da nicht die Angst wäre.

Alles nur ein Traum oder war es Wirklichkeit, war es vielleicht der falsche Vater? Gehörte er nicht zu einem anderen Kind? Und jetzt das Restaurant, der Vater und ich, alles nur meinetwegen, nur für mich. Eine Stimme, die des Vaters, riss mich aus meinen Gedanken »Magst du noch etwas?« »Ja, ja«, sagte ich schnell. Denn ich hatte Angst, dass alles schon vorbei sein könnte, nachdem mein Glas leer war. Es ist schön, nicht ums Essen kämpfen zu müssen, das hiess für mich aber nicht, mehr zu bekommen als mir zustand. Nein, ich kämpfte, damit ich überhaupt etwas vom Essen abbekam.

Mein Alltag und meine Ängste

Wir mussten in einer Reihe stehen, und nicht selten war ich am Ende der langen Schlange von hungrigen Kindern zu finden. Auch hier gab es sehr strenge Rangordnungen, von den Stärkeren eingeführt. Dreimal täglich spielten sich dabei kleinere und grössere Lebens- und Überlebenskämpfe ab. Ich war so oft bei den Verlierern, dass ich manchmal gar nicht mehr zum Essen erschien. Und wenn ich es Schwester Maria klagte, wurde ich dafür umgehend grün und blau geschlagen, so einfach waren die Spielregeln!

Ich hatte mich mit einem Bauern sehr gut angefreundet, und so durfte ich immer mit ihm auf die Sautränketour gehen. Aus den umliegenden Restaurants wurden jeden Tag die Essensreste der Gäste abgeholt, für die Saumästerei. Ich konnte mich lange Zeit von diesen Abfällen satt essen.

Es kostete mich grosse Überwindung, etwas aus der Sautränke zu nehmen, da es sehr schlecht roch. Aber der Hunger war stärker. Natürlich durfte es niemand bemerken, nicht einmal der Bauer. Bis ich eines Tages sehr krank und zu einem Arzt gebracht wurde. Da musste ich mein gut gehütetes Geheimnis preisgeben. Von da an machte Schwester Maria eine bessere Kontrolle, so dass auch die Schwächsten etwas zu essen bekamen. Aber deswegen wurde ich auch wieder öfters verhauen.

Jetzt, hier im Restaurant, musste ich um nichts kämp-

fen, jetzt wurde mein Glas sogar nochmals aufgefüllt.
War das gut, einen Vater zu haben. »Du, sag mal, wie
gefällt es dir denn hier im Heim?« fragte mein Vater,
der übrigens wie ich Walter hiess. »Nicht so gut.« Es
durchfuhr mich wie ein elektrischer Schlag und ich
spürte, wie es mir heiss und kalt den Rücken hinunter
lief. »Gut, gut«, sagte ich deshalb schnell. Denn wenn
dieser Vater es der Schwester Maria erzählt, und die
sagt es dem Anführer, dann werde ich gleich wieder
grün und blau geschlagen.

Mein Gott, ich muss auf mich aufpassen, nein, ich will
keine Schläge mehr, ich halte es nicht mehr aus. Ich
will auch nicht, dass sie mir nachts das »Pfifli« zubin-
den, so dass ich nicht aufs WC kann. Denn ich war
Bettnässer. Wenn sie mich strafen oder einfach ihren
Spass haben wollten, war das für sie eine der lustigsten
Quälereien. Jedenfalls lachten sie immer, nur ich lachte
nie. Vier bis sechs Kinder überfielen mich, entblössten
mich und banden mir meinen Penis mit einer Schnur
zu.

Am Anfang versuchte ich es sofort zu lösen, aber dafür
gab es nur weitere Strafen. Sie schlugen mich und
dabei wurde ich überwacht, so dass ich mich nicht befreien konnte. Ich war sehr allein mit meiner Scham
und meinem Schmerz. Ich hatte sogar oft Sehnsucht
nach dem Tod, wünschte mir, einfach von hier weg zu
gehen. Ich schämte mich und fühlte mich als letzten
Dreck. »Nein, mir geht es gut, Vater«, sagte ich etwas
erleichtert und mit dem Gefühl, etwas Gewaltiges von
mir abgewendet zu haben.

14

Mir wurde auch sehr bald klar, dass ich nicht ausgefragt werden durfte. Ich musste das Gespräch führen und fragen, fragen, fragen. »Wo wohnst Du? Bitte erzähle, wie sieht Mutter aus? Was hat sie für Augen? Wie klingt ihre Stimme?«

Ich habe einen richtigen Redeschwall über dem Vater ausgegossen. Nur keine Antwort geben und, wenn es gar nicht anders geht, sehr, sehr lange nachdenken. Denk an die Schmerzen, die Qualen. Sicherlich werde ich in der nächsten Zeit etwas Ruhe haben vor den Schlägen, denn wenn mir mein Vater etwas Geld gibt, kann ich es im Laden abgeben. Dadurch können sie es mir nicht klauen, und ich kann mich für einige Zeit von den Schlägen freikaufen.

25 Minuten vom Heim weg gab es einen Tante Emma-Laden. Ich hatte mit Hilda, einer alten, lieben, aber doch rauen Frau, einen Handel abgeschlossen. Immer, wenn ich Geld erhielt, z.B. 50 Rappen, brachte ich es zu ihr, und sie schrieb es für mich gut. Ich hatte also mein erstes Bankkonto für »Däfeli«.

Somit konnte ich, wenn immer ich Lust hatte oder mich freikaufen musste, zu meiner Privatbank gehen und mir für 2 – 3 Rappen etwas Süsses holen. Früher trug ich das Vermögen noch in den Socken, in den Schuhen, mit. Doch ich bekam davon so wunde und blutende Füsse, dass ich froh war um die Lösung bei Hilda.

Dieser Laden war für mich etwas sehr Heiliges. Es war fast zu vergleichen mit dem Himmel oder mit dem lieben Gott. Denn wenn man da etwas gibt, bekommt man etwas anderes dafür. Der liebe Gott ist da unbedingt vergleichbar. Ich gab nicht alle Gefühle diesem lieben Gott, aber meine Tränen, meine innersten Gedanken. Ich bekam dafür einen Trost für die Nacht und das Gefühl, nicht so unsagbar allein zu sein. Jemand war doch da, den ich zwar nicht sehen konnte, der mich auch nicht auf den Schoss nahm, aber er war mir doch irgendwie nahe. Ich konnte ihm klagen, meine Verzweiflung lautlos zu ihm hinauf schreien, und ihn lieben, so wie ich meine Kuh Lisa liebte.

Ja, meine liebe Kuh Lisa. Wie schon gesagt, war ich mit dem Bauern befreundet. Er hiess einfach nur Bauer, »du Bauer«, sagte ich zu ihm, und das war richtig so.

Wir, der Bauer und ich, hatten viele Kühe. Und jede freie Minute war ich bei den Kühen. Da bekam ich auch keine Schläge, und ich konnte sogar glücklich sein.

Unter diesen Kühen gab es eben die Lisa, wohl eine Liebe auf den ersten Blick. Wenn Lisa mich von weitem sah, kam sie übers Feld zu mir gerannt wie ein Hund, um mich mit ihrer rauen Zunge zu lecken. Ihre grossen Augen sahen mir dabei tief ins Herz. Zu ihr konnte ich gehen, mich an sie lehnen und ihr alles, aber auch alles erzählen, sie war überaus geduldig.

Stundenlang hörte sie meinen Sorgen zu und gab mir das Gefühl, einen richtigen Freund zu haben, einen Freund, der mir auch körperliche Wärme gab. Ein Gefühl, das ich bis dahin überhaupt nicht kannte. Oft lagen wir nebeneinander im Gras, und ich lehnte mich an ihren feinen, weichen und warmen Körper. Ihren Geruch konnte ich von allen anderen Kühen unterscheiden. Ja, sie war immer für mich da. Aber auch das versuchten mir meine Heimkameraden zu zerstören. Sie schlugen mit Stecken auf mich und die Kuh Lisa ein. Eines Tages wurden sie vom Bauern überrascht, und sie wurden so sehr von ihm geschlagen, dass sie lange Zeit kaum gehen konnten. Das feierte ich in mir, es war ein herrliches Rachegefühl. Auch wenn es Sünde war, es war, als hätte ich selbst zurückgeschlagen. Ich musste nach der Beichte dafür zwei Rosenkränze beten. Doch ich tat das sehr herzhaft und innig. Ich war überzeugt, dass sich der liebe Gott persönlich eingeschaltet hatte. Von da an hatte ich ein kleines Druckmittel: »Ich sag es dem Bauern«, sagte ich, das half oft oder wenigstens in der ersten Zeit. Die Stimme meines Vaters riss mich aus meinen Gedanken, und ich hörte ihn von weitem sagen:

»Du, wir gehen jetzt ins Heim, ich muss die Schwester Maria noch kennen lernen und sie einiges fragen.«

Sofort spürte ich eine unbeschreibliche Angst. Hab ich nicht aufgepasst oder mich gar beklagt, hab ich meinem Vater etwas Schlimmes erzählt? Du weisst ja, was dann wieder passiert. Schläge, Schmerzen.

Mit gepresster Stimme und von Angst erfüllt sagte ich zum Vater: »Mir gefällt es hier sehr gut und alle Kinder sind sehr nett.« Ich spürte, wie die aufkommenden Tränen im Hals stecken blieben. Was musst du besprechen, fragte ich mit grossem Mut. »Es ist wegen der Ferien, die Mutter und ich eigentlich einmal mit dir

verbringen wollten. Doch es ist uns auch dieses Jahr nicht möglich, und so möchte ich Schwester Maria fragen, ob es nicht eine andere Möglichkeit gibt.«
Ferien, Gott sei dank Ferien, was ist das denn, dachte ich etwas laut und erleichtert. Mein Vater wurde ernst und meinte, er habe ja auch schon lange keine Ferien gehabt. »Wir können es uns einfach nicht leisten, weisst du, die Bahnfahrt ist so teuer.« Mit der Bahn fahren, Mensch, das wäre aber toll, aber ich weiss, das können nur die Reichen, und ich fragte: »Gäll, wir sind arm.« »Ja, ja«, sagte er so ernst, dass ich eine eisige Kälte von ihm spürte. Es muss schrecklich sein, arm zu sein. Nichts kaufen zu können und nicht mal Bahn fahren zu dürfen. Arm zu sein ist wie eine ansteckende Krankheit, keiner möchte da mit einem in Berührung kommen. Alle meiden einen, denn es könnte sich auf einen übertragen.
Arm sein heisst, immer nur »Gluscht« zu haben, nur das Wasser im Mund zusammenlaufen zu spüren. Arm sein ist schlimm! Aber ich war ja reich, ich hatte meine »Däfelibank« und konnte da hingehen, wann immer ich wollte. Nein, das stimmte nicht: nur, wenn ich etwas gutgeschrieben hatte. Dafür war ich sehr sparsam und kaufte selten etwas, ausser im Notfall. Ferien, ich glaube, das waren die Zeiten, wenn es friedlicher bei uns im Heim war, weil viele eben weg waren. Vermutlich eben in den besagten Ferien. Da hatte ich weniger zu leiden und konnte mich auch satt essen. Das mussten Ferien sein, denn es waren die schönsten Zeiten, nur immer viel zu kurz. Also hatte ich auch Ferien,

ja, ich hatte welche, mein Vater keine. Ein armer Vater. Mein Vater bezahlte unsere Getränke, und wir verliessen das Restaurant, um ins Heim zu gehen. Es lag noch eine gute Stunde Fussmarsch vor uns. Aber wir gingen sehr langsam, so als wollten wir die Zeit des Zu-Zweit-Seins in die Länge ziehen, um ungestört zu sein und uns kennen zu lernen. Vater erzählte von meiner Mutter und zeigte mir ein Foto von ihr. Das war sie also.

Er sprach von seiner Arbeit, und wie sie sparen mussten, Mutter und er. Wie sie wohnten und, und, und ... Ich aber war in Gedanken und nicht recht bei der Sache. Hatte ich mich wirklich nicht beklagt bei ihm? Ich spürte einfach nur Angst. Es war vielleicht doch nicht gut, einen Vater zu haben.

Wenn er nur nicht was Dummes sagt. Ich musste zwar von Schwester Maria so viel erleiden, dass ich mich auch schon gut daran gewöhnt hatte. Nur die Schläge von meinen Kameraden waren unkontrolliert, unvorhersehbar und ohne Grund. Schwester Maria hatte sich für mich eine gute Strafe ausgedacht: vor allen Kindern im Schulzimmer knien zu müssen! Schwester Maria war auch unsere Lehrerin. Ihre Strafe war einfach, aber überaus schmerzhaft. Ich musste auf einem Vierkantlineal knien und mit ausgestreckten Händen eine sehr dicke Bibel halten. Ich weiss nicht, was mehr wehtat, die Knie oder die Arme oder die Scham vor all den Kindern. Es dauerte danach immer einige Zeit, ja Stunden, bis ich wieder gehen konnte, denn das Lineal hatte sich tief in meine Knie eingeschnitten, so dass ich oft blutete. Schwester Maria verfügte noch über andere sehr wirkungsvolle Strafen und meinte: Wer leidet, der wird von Gott geliebt. So jedenfalls wurde mir das immer und immer wieder erklärt, und ich schloss daraus, Gott musste mich unendlich lieben.

Das Näherkommen

Der Weg führte uns durch eine liebliche Landschaft.
Die Weiler passten wunderbar in diese Gegend. In weiche und sanfte Hügel gut eingebettet lagen einige kleine Dörfer. Unser Ziel, das IDA Heim, konnten wir noch nicht sehen, denn es lag etwas versteckt. Eigentlich war auch das Heim ein Dorf. Es bestand aus einem Kloster, das in der Mitte lag, einigen Gruppenhäusern und einem mittelgrossen Bauernhof – der von meinem Bauern.

Nicht zu vergessen ein Gebäude, wo Küche, Büros, Schule, Schuhmacherei und die Kirche untergebracht waren. Es gab auch eine Gärtnerei, doch die lag etwas ausserhalb. Die zentralen Gebäude waren miteinander verbunden, so dass wir wetterunabhängig waren. Im Sommer konnten wir das Essen im Freien in einer riesigen Laube einnehmen. Diese lag unmittelbar neben dem Saustall, und so hatten wir nicht nur unseren Lärm auszuhalten, nein, auch den der Tiere. Dazu kamen noch das Klappern der Blechteller und des Bestecks von 250 Kindern. Zum Frühstück gab es am Sonntag Kakao und während der Woche Haferflockensuppe. Die Suppe musste mir oft für den ganzen Tag reichen, wenn ich nicht um mehr Essen kämpfen wollte. In der Umgebung gab es viel Wald, in den ich mich alleine zurückzog. Ich war das Alleinsein ja gewöhnt, und hier war ich mit meinen Gedanken glücklich. Pflanzen und Tiere konnte ich ungestört beobachten und vergass dabei oft die Zeit. Und so lernte ich wieder das Lineal oder den Keller kennen, denn Strafe musste sein.

Mein Vater und ich wanderten schweigend nebeneinander her, jeder mit seinen Gedanken an einem anderen Ort. Wir hatten es ja nicht eilig, und so setzten wir uns nach einiger Zeit unter einen Baum. Die Landschaft war wohltuend, und das Gras stand für die »Heuete« bereit. Eigentlich war es eine Blumenwiese, wie sie schöner nicht sein konnte.

Margeriten gab es so viele, dass man nur eine Hand auszustrecken brauchte, um eine Vase zu füllen. Es war wie in einem Konzert, in dem sich Dur und Moll abwechselten mit dem Gezirpe und Singen der Vogelwelt. Auch mein städtischer Vater freute sich über die Artenvielfalt. Wir lehnten uns an den mächtigen Nussbaum und hörten einfach nur zu. Eigentlich ohne eigenes Zutun spürte ich plötzlich, wie ich die Schulter meines Vaters berührte. Ich lag etwas steif neben ihm und glaubte, mich nicht rühren zu können. Nach einiger Zeit verspürte ich einen Drang, mich bewegen zu müssen, und so rutschte ich wohl ungewollt noch etwas näher. Ich war doch sehr erstaunt über meine Ungeschicktheit und spürte wieder etwas Angst aufkommen. Ob es Absicht war oder Zufall, jedenfalls musste sich Vater auch etwas in der Lage korrigieren, was zur Folge hatte, dass wir uns noch mehr berührten. Lange Zeit lagen wir halb sitzend nebeneinander, dabei entspannte ich mich immer mehr. Meine Gedanken gingen von der Kuh Lisa zum Vater hin und her. Auch er fühlte sich warm an wie meine Lisa, und jetzt spürte ich ähnliche Gefühle in mir aufkommen. Sein Geruch war aber anders als der von der Lisa, aber er roch nicht unangenehm. Rochen alle Väter gleich, oder nein, es rochen ja auch nicht alle Kühe gleich. So also roch mein Vater. Ich schaute von der Seite zu ihm hinüber und dachte, dass er jetzt schlafen würde, denn sein Atem ging sehr ruhig und langsam. Dann aber bewegte er seinen Arm, er tat aber nur so, als ob er geschlafen hätte und wir mussten beide herzhaft lachen. Er setzte sich auf und nahm mich auf den Schoss, einfach so.

Ich war weder entsetzt, noch hatte ich Angst, ich liess es geschehen, einfach so. Ich lag in seinem Schoss, und meine Sorgen waren wie nicht mehr vorhanden. Ich lag so da, einfach nur so, eine lange Zeit, und mir war, als würden Jahre vergehen. Immer wieder streichelte er mir übers Haar und ich spürte, dass einige Tränen auf meine Haare fielen. Vater weinte lautlos. Auch ich spürte etwas aufsteigen in mir, etwas, was ich auch bei meiner Kuh Lisa spürte. Es war gut so, und ich liess es geschehen. Als wäre ein Geheimnis zwischen uns, das nicht beredet sein darf, lagen wir einfach so da: Um uns das Konzert und der Duft vom Gras. Die warme Sonne, das Streicheln einer Hand, die nicht schlägt. Meine vielen Wunden, tief in meinem Herzen, taten jetzt nicht weh.

Ich spürte, wie heute schon zum dritten Mal eine Sonne in mir aufging. So viel! Ich dachte, so sei der

Himmel oder das Sterben. Oft schon hatte ich meinen Tod herbeigesehnt. Einfach abhauen aus diesem Leben, das für mich so schmerzhaft war. Und jetzt das. Auch jetzt dachte ich ans Sterben, aber nicht aus einem Schmerz heraus, nein, aus tiefer Wonne. Immer wieder kamen aber die dummen Gedanken, die fragten, was aber ist morgen, wenn der Vater nicht mehr hier ist? Ich musste sie richtig vertreiben, um hier und jetzt zu sein und das anzunehmen, was jetzt da war. Ich bekam etwas, was ich bis dahin nur von einer Kuh, von meiner Lisa, bekommen hatte. Lieber Vater, bitte bleibe doch hier für immer, ich brauche dich so. Ich will immer brav sein und dir keine Sorgen machen. Das betete ich zum lieben Gott. Ich möchte, dass du alle bösen Kinder verhaust, dass ich einen tollen Beschützer habe, dass Schwester Maria mich weder in den Keller noch aufs Lineal schicken darf, dass ich nicht mehr zu leiden habe und immer ruhig meinen Teller ausessen kann, dass mein Penis nicht mehr zugebunden wird und ich immer so an deiner Seite liegen kann, wann immer ich will. Lieber Gott, bitte.

Ich glaubte, dass mich der Liebe Gott strafen würde, weil ich so viel forderte und bat. Ich brach plötzlich in ein lautes Schreien aus, so dass mein Vater heftig erschrak. »Walti, was hast du?«, fragte er mich etwas verwirrt. Doch ich hörte nichts, ich schrie und weinte so unsäglich schmerzhaft, dass mir alles tagelang noch wehtat. Meine Haare, mein Rücken, alles weinte an mir, denn es war nicht nur ein Sturm, nein, es brach ein Tornado aus mir heraus. Ich war tropfnass und so aufgebracht, dass ich nicht einmal mehr meinen Vater wahrnahm. Ich war mit Leiden und Freuden so durcheinander, dass meine innere Ordnung einfach auseinanderbrach. Ein inneres Chaos war das. Irgendwie war ich danach in eine Ohnmacht gefallen und eingeschlafen, was Vaters Rückreiseplan durcheinander brachte. Ich erwachte total erschöpft und unendlich müde und doch wie neu geboren. Es war ganz ruhig in mir, ich war zwar müde, aber doch viel wacher als sonst. »Was ist geschehen, bitte entschuldige!«, sagte ich, doch mein Vater strich mir über den Kopf und sagte nur: »Sprich jetzt nicht, lass uns noch etwas schweigen.« Ich schloss erleichtert die Augen und gab mich allem hin. Ich lag in meines Vaters Schoss, aufgehoben, geborgen und glücklich. Es war für uns wie ausgemacht, als wir uns gemeinsam erhoben und unsere Kleider in Ordnung brachten. Wir gingen schweigend nebeneinander her. So kamen wir schliesslich in Sichtweite des Heimes, was wir auch akustisch wahrnahmen, denn 250 Kinder können ganz schön laut sein. Die ersten Kinder kamen uns auch schon entgegen. Ihre erstaunten Gesichter taten mir gut. Sie begrüssten mich und Vater mit einem gewissen Respekt.

Mit Vater ins Heim

Schau, da vorne ist meine »Däfelibank«, lass uns schnell hineingehen. Beim Öffnen der Tür gab es einen Dreiklang, was mir immer ausserordentlich gefallen hat. »Hallo Hilda, sind Sie da?«, rief ich sehr aufgeregt. »Mein Vater ist hier, kommen Sie schnell!« Schlurfende Schritte waren hinter dem Vorhang zu hören. Das Wohnzimmer und der Laden wurden mit diesem Vorhang unterteilt. Das mir sehr vertraute Gesicht der alten Frau kam hinter dem Vorhang hervor. »Ach, du bist es Walti.« Übrigens der einzige Mensch, der mir meinen Namen so liebevoll sagte. »So, so, das ist also dein Vater. Ich wusste nicht, dass du einen hast«, sagte sie etwas vorwurfsvoll. Vater und Hilda wurden plötzlich rot. Ich erzählte dem Vater die ganze Geschichte mit der »Däfelibank«. Ich habe erst viel später erfahren, dass Hilda es nie so genau nahm mit der Abrechnung, zu ihren Lasten, versteht sich. Sie liess mich aber weiterhin im Glauben, dass ich bei ihr noch ein beträchtliches Guthaben auf der »Däfelibank« hätte. Mein Vater hörte sich alles an und sagte dann, es sei gut, dass es Hilda für mich gäbe. Übrigens, ich war der Einzige, der hier bei Hilda ein Bankkonto hatte. Es war Ehrensache, dass darüber geschwiegen wurde. Vater sagte zu mir: »Bitte geh mal vor die Tür, ich muss mit Hilda alleine sprechen.« Etwas mürrisch befolgte ich die Anweisung und verliess den Laden.

Draussen warteten einige Kinder und fragten mich: »Du, wer ist der Mann?« »Das ist mein Vater.« »Das stimmt ja nicht, du hast ja keinen Vater. Nie hast du ein Paket oder einen Brief erhalten, nie einen Besuch. Und jetzt hast du plötzlich einen Vater.« »So, dann fragt ihn doch, wenn er aus dem Lädeli kommt.« Wie auf ein Zeichen kam da mein Vater aus dem Laden und winkte nochmals zu Hilda zurück. »Eine sehr liebe Frau, deine Hilda.«

Eines der Kinder kam auf meinen Vater zu, und sagte: »Stimmt es, dass Sie Waltis Vater sind?« »Ja, ja, das stimmt.« Die freche Göre fragte aber sofort weiter: »Wieso kann Walti Sie dann nie besuchen, und warum kommen Sie sonst nie?« Mein Vater war etwas überrumpelt: »Ja, ja, weisst du«, sagte er, um Zeit zu gewinnen, »ich war so viel im Ausland.« »In Amerika?« fragte die Kleine weiter, denn sie wollte es genau wissen. »Ja, auch«, sagte mein Vater. Das Wort Amerika schlug wie eine Bombe ein und ging auch wie ein Lauffeuer durch alle Schlafsäle. Waltis Vater gibt's – und er ist erst noch einer, der in Amerika war. Eine grosse Gruppe Kinder begleitete uns den Rest des Weges zum Heim. Eine eigentliche Prozession mit Vater und mir in der Mitte. Mein Vater und ich waren plötzlich der Mittelpunkt des Tages.

Und es tat mir so unsagbar gut. Die Prozession hielt vor dem grossen Mittelgebäude, wo wir auch schon von der Heimleitung überaus höflich erwartet wurden. Ich aber wusste, was für Menschen hinter diesen Masken steckten, die jetzt so höflich sein konnten.

Vater und ich wurden von Schwester Maria zum Nachtessen ins Gästezimmer eingeladen. Eigentlich wollte mein Vater am gleichen Abend wieder nach Hause fahren, aber wir hatten uns am Nachmittag etwas vertratscht. Da es ein schöner warmer Sommerabend war, konnten wir nach dem Essen noch etwas in der Umgebung spazieren gehen.

Es gab so viel zu erzählen, zu erklären, zu zeigen. War ich auch schon tausendmal an diesen Orten, die ich Vater heute zeigen wollte, so war ich doch heute nicht allein. Meine kleine Hand war fest umschlossen in einer grossen, warmen Hand und sie liess sich führen, zum Bauern, zu Lisa und, und ... »Schau, da vorne ist Lisa«, sagte ich nicht ohne Stolz. Sie kam auch schon mit einem Muh, Muh auf uns zu. »Schau, mein Vater ist hier.« Lisa war ungefähr zehn Meter vor uns stehen geblieben und schaute meinen Vater mit ihren grossen braunen Augen an. »Schau, das ist Vater«, sagte ich zu Lisa. Nur ganz langsam kam sie und ich wusste genau, was in ihr vorging. Mein Vater kletterte auch schon über den Zaun, um Lisa zu begrüssen. »Du musst keine Angst vor ihm haben«, rief ich ihr zu. Auch ich kletterte gekonnt über den Zaun, war es doch nicht das erste Mal, dass ich auf diesem Weg zu meiner Lisa ging.

Wir begrüssten uns, sehr innig und herzhaft. Sie leckte mich, und ich umarmte sie. Wir vergassen Vater für Minuten. Erst heute bemerkte ich richtig, dass Lisa in letzter Zeit etwas grösser geworden ist. »Bei Kühen«, erklärte mir der Bauer, »gehe es halt etwas schneller als bei den Menschen.« Lisa war sehr misstrauisch dem Vater gegenüber, schuld waren die Kinder mit ihren Schlagstöcken. Lisa und ich sind halt »Schisshasen«, aber zusammen sind wir doch stark. In den Tagträumen, wenn ich an ihrem Körper lag, schmiedeten wir Rachepläne oder eroberten die Welt für uns. »Welch ein herrlich weiches und schön glänzendes braunes Fell doch deine Lisa hat«, sagte Vater. Lisa nickte heftig mit dem Kopf und liess ein langes Muuuh erklingen. Wir lachten beide herzhaft. Als ginge es Lisa nichts an, zeigte sie uns ihr Hinterteil und liess ihrem Hintern freien Lauf. Kuhfladen waren für mich nichts Ungewöhnliches, denn Lisa verrichtete ihre Notdurft, wann immer sie wollte. Da wir aus Kostengründen im Sommer keine Schuhe anziehen durften oder sollten, stand ich halt immer und immer wieder in diesen Fladen. Waren sie noch neu, wurde es einem sehr warm zwischen den Zehen, und ich genoss es ehrlich, so an nasskalten Tagen die Füsse aufzuwärmen.

Die trockenen, harten Fladen brauchten wir Kinder zum Diskus werfen. Sie flogen nicht schlecht. Ja, es gab sogar Meisterschaften im Weitwurf. Da es fast keine Spielzeuge gab, erfanden wir halt welche aus der Vielfalt, welche die Natur uns zur Verfügung stellte.

Im nahen Wald war eine Abfallhalde, in der ich mich oft mit vielen Ratten aufhielt. Es war wie eine Schatzsuche, in der man zu Reichtum kommen konnte, fand man etwas, was andere haben wollten. Und da alle nichts besassen, war schon »nur etwas« etwas Grosses, und so konnte gehandelt und gefeilscht werden.

Oder gar Schulden bezahlt werden, so dass ich nicht zur »Däfelibank« gehen musste. Ja, es gab sogar echte Handgranaten, mit denen wir spielten. Doch wir waren uns ja nicht bewusst, mit was wir da spielten, bis eben zu dem Tag, als es passierte. Eine andere Gruppe liess eine solche Granate von einer Brücke hinunterfallen auf einen Fahrweg, also eine kleine Landstrasse. Ein paar Kinder schauten von unten zu den Kindern hinauf und waren gespannt, wie der Aufschlag erfolgen würde. Eine heftige Detonation. Lautes Kindergeschrei und Tränen. Viele rannten einfach drauflos. Wir wurden einzeln vernommen von der Heimleitung, der Polizei und vom Militär. Verletzte gab es nur wenige, einer am Auge, der andere am Bein. Wochenlang wurde vom Militär der ganze Wald nach weiteren Sprengsätzen abgesucht, mit Erfolg. Es war trotz allem eine aufregende Zeit mit all den guten Militärbiskuits, Schokoladenstückli und sonstigem Naschwerk, das uns die Soldaten gaben. Es war zu einer Zeit, wo man alles nur mit Marken kaufen konnte. Alles war rationiert. Wer Geld hatte, aber keine Marken, konnte dennoch nichts kaufen. Aber ich, bei meiner »Däfelibank«. Aber das wusste ich damals nicht. Wer Marken hatte, so wie mein Vater, hätte zwar gekonnt, da aber das Geld fehlte, war es ein Wunschdenken. Jedenfalls genossen wir es, von den Soldaten verwöhnt zu werden.

Wir verliessen Lisa oder auch umgekehrt, jedenfalls gingen wir in den Stall, um meinen Bauern zu suchen. Sicher war er am Melken, wie jeden Tag um diese Zeit.

»Hallo Bauer, bist du da?« Eine tiefe Stimme rief: »Ja, hier bin ich, bei der Marta.« Sie war die älteste Kuh. »Schau, wen ich dir mitbringe, schau, mein Vater!« »Vater«, brummte es hinter der Kuh und der Kopf des Bauern tauchte über dem Rücken der Marta auf. »So, so, Vater«, brummte es und er verschwand wieder hinter Marta. So kannte ich ihn gar nicht, meinen Bauern. Sicher ein brummiger Bär und etwas unbeholfen, dafür sehr nett, jedenfalls mit mir. Sein Kopf tauchte wieder über dem Rücken der Marta auf. »Tag Vater«, sagte er und rief laut nach seiner Frau. Also nur Frau, denn auch sie hatte keinen Namen. »Frau, komm doch mal, Walti hat einen Vater.« Verstohlen schaute ich hinauf zu meinem Vater und sah, dass er wieder rot wurde, wie bei Hilda, der Inhaberin der »Däfelibank«. Ein Zuber wurde etwas laut auf den Boden gestellt und die Bäuerin kam auf uns zu. Sie war runder als der Bauer, sie musste wohl auch öfter das Essen probieren, ob es gut sei. Sie blickte uns sehr kritisch an und sagte nach einer Weile: »Ja, ja, ihr seht euch etwas ähnlich.« Erst jetzt streckte sie die Hand dem Vater entgegen, um ihn zu begrüssen. »So, Sie sind also Waltis Vater«, nicht ohne einen Vorwurf in ihrer Stimme. Und hinter der Marta kam mit brummender Stimme »Waltis Vater also.« Der Bauer und seine Frau waren menschenscheu, ihre Arbeit nahm ihre ganze Kraft in Anspruch. Es gab weder Sonntage noch einen Feierabend. Nur selten sassen sie vor dem Haus und schauten den Kühen zu. Manchmal durfte ich mich zu ihnen setzen, und das war für mich wie in der Kirche, ja so etwas

Feierliches, auch wenn man kein Wort sprach. Von Lisa hörte ich dann noch ein herrliches Muhen, was mein Glücksgefühl nur steigerte. Aber das war so selten genug, leider. Meinen Vater drängte es nach draussen, so verliessen wir etwas abrupt den Stall. Bauer und Bäuerin schauten uns verwundert nach, ich spürte jedenfalls ihre Augen in meinem Rücken. Was war nur mit meinem Vater los, er war jetzt ganz anders als auf dem Spazierweg. Lisa wartete wieder an ihrem Ort, von wo sie mich schon von weitem erblicken konnte. Sie spürte meine Anwesenheit, doch leider hatte ich jetzt keine Zeit für sie und so strich ich ihr über den Kopf und gab ihr einen Klaps. »Tschüss, bis morgen!« Dabei sah ich in ihre grossen Augen und glaubte eine Träne zu sehen. »He Lisa, ich komme ja morgen wieder, sicher. Weisst du, ich muss Vater alles zeigen, er muss ja bald wieder gehen. Wir haben dann alle Zeit wieder für uns. Also Tschüss bis morgen.« »Muh, Muh.« Schweigend setzten wir unsere Besichtigung fort. Die Reise ging weiter durch das Heim, bis zum Schlafsaal. Übrigens gab es alles zweimal. Einmal für die Knaben und einmal für die Mädchen. Abgetrennt durch eine grosse Mauer, so an die fünf Meter hoch. Wir konnten also nie hinüber schauen oder mit den Mädchen spielen. Angrenzend an die Mauer war eine grosse Wiese zum Spielen, sprich »tschutten«. Ich war in keiner Mannschaft, wer will denn schon einen Angsthasen in seiner Mannschaft. Dennoch mussten alle auf den Spielplatz. Zwei bis drei Kinder bekamen einen grossen Jutesack (Kohlensack). Wir mussten für die Industrie Breitwegerich sammeln. Es war eine langweilige und ermüdende Arbeit, so einen grossen Sack mit so kleinen Blättern zu füllen. Wer bis zum Abend nicht damit fertig war, verpasste einfach das Nachtessen und hatte erst noch Schimpf und Schande zu erdulden. Es artete immer in einen Konkurrenzkampf aus. Oft gab es am Abend in den Schlafsälen noch Krach unter den einzelnen Gruppen. Doch davon sagte ich meinem Vater lieber nichts, wie vieles andere auch. Noch immer sass mir die Angst im Nacken, ich könnte mich beklagen und dann die Schläge!

Die Schatten waren jetzt schon zwei bis drei Mal grösser als ich. Das war für mich ein Zeitmesser.

Am Abend

Zeit also, in meinen Schlafsaal zu gehen. Natürlich hatten wir nur eine einzige Uhr, die am Hauptgebäude hing. Doch ausserhalb des Heims musste ich auf die Sonne respektive auf den Schatten achten. Bei bewölktem Himmel gab es deswegen oft Strafe. »Du Vater, ich muss leider ins Bett gehen, bist du morgen noch da?«, fragte ich etwas ängstlich.

»Ja, ich bleibe sogar bis Freitag, die Heimleitung hat es mir ermöglicht, mit deiner Mutter zu telefonieren.« »Ja, haben wir denn ein eigenes Telefon, das wäre doch Spitze.« »Ach nein, wir könnten es uns doch gar nicht leisten. Und es gibt auch niemanden in der Strasse, der ein eigenes Telefon hat, und unsere Strasse ist doch sehr lang. Weisst du, von der Mustermesse bis in die Langen Erlen musst du ohne zu trödeln zehn Minuten rechnen. Unser Lebensmittellädeli, wo wir alles aufschreiben lassen und nur einmal im Monat zahlen, hat ein Telefon. Bei einem Anruf kommen sie dann extra zu uns, und wir gehen dann umgehend zu ihnen, um das Telefon entgegen zu nehmen. Schwester Maria hat das für mich erledigt und hat Hildegard, deine Mutter, angerufen. Sie macht sich jetzt keine Sorgen und weiss, dass ich gut bei dir angekommen bin und erst am Freitag zurückkomme. Weisst du, ich habe noch nie telefoniert und war froh, dass es jemand für mich getan hat. Auch muss ich für Essen und Schlafen

34

nichts bezahlen«, sagte Schwester Maria. »Toll, du bleibst also bis Freitag, aber wann ist Freitag?« fragte ich neugierig. Denn ich wusste ja nicht mal, was heute für ein Tag war. »Mittwoch und Ende Juli. In sechs Tagen ist 1. August«, antwortete der Vater. »1. August?« Mit runzelnder Stirne suchte ich nach der Lösung. Was war das denn noch mit dem 1. August? Feuer und Pudding, ja toll, Pudding und lange aufbleiben. In der Regel war im Winter um acht Uhr Lichter löschen und im Sommer um neun Uhr. Da die Sonne sich nicht an die Hausordnung hielt, schien sie munter weiter und so munter waren wir natürlich auch. Es kam so, wie es kommen musste, keiner konnte schlafen und aus einem kleinen Funken entstand heftiger Streit. Was wiederum bestraft wurde! Entweder wurden alle bestraft, natürlich nur dann, wenn kein Schuldiger auszumachen war oder die Verursacher wurden bestraft. Wer will schon sagen, wer angefangen hat, bei vierzig Kindern in einem Schlafsaal. Der Schlafsaal war mit kleinen Stellwänden unterteilt, immer zwei oder vier Betten gaben ein Quadrat. Ich hatte das Glück, in einer Nische zu schlafen mit nur einem Zweierquadrat. Neben dem Bett gab es eine Art Nachttisch. Ich benutzte die Oberfläche für einen kleinen Altar. Ein kleines blaues Tüchlein lag im spitzen Winkel nach vorn, darauf ein grosses Marienbild mit dem Jesuskind, daneben auf jeder Seite ein Engelsbild, also mein Schutzengel.

Vor dem Marienbild war eine kleine Vase, in der ich immer frische Blumen hatte. Im Winter war das etwas schwieriger. Ich kann mich nicht erinnern, dass mir je ein Kind etwas an meinem Altar in Unordnung brachte. Ich hatte in dieser Sache das volle Wohlwollen von Schwester Maria.

Ich war auch nicht der Einzige, der sich einen Altar hielt. Manchmal, wenn ich sehr allein war und das Gefühl hatte, der liebe Gott habe nur die anderen Kinder gern, nahm ich ein Taschentuch und deckte das Maria-Bild zu. So als Strafe, denke ich. Nicht ohne Schuldgefühle und Verpflichtung, meine Sünde bei der nächsten Beichte unter grosser Angst zu gestehen. »Du bleibst also bis am Freitag, also noch drei volle Tage!« »Ja, und Schwester Maria sagte auch zu mir, dass du nicht in die Schule gehen musst und wir zusammen im Gästezimmer essen können.« Ich war so froh, nicht zur Schule gehen zu müssen, ich glaube, alle Kinder wären jetzt lieber an meiner Stelle gewesen. Denn wer geht schon gerne in die Schule? Den Fussboden mussten wir jede Woche einmal nachbohnern, es wäre gut für den Boden, sagte man uns. Es war ein einfacher Tannenboden mit vielen Spriessen, ich kann das bezeugen, denn ich hatte oft Spriessen in den Füssen. Schuhe waren ja im Sommer ein Fremdwort und ein Luxusartikel für uns. Die Holzbänke waren uralt und verschrieben und versudelt. Mich störte dies doch sehr, weil ich von Natur aus eigentlich ein ordentlicher Mensch war oder glaubte, es zu sein.

Wir waren zu zweit in einer Bank und mussten uns ertragen. Ich sass in der Nähe des Schlagstocks. Wie gesagt hatte Schwester Maria viele andere Strafen für mich, denn den Stock lernte ich selten kennen. Es gab auch keine Heizung im Schulzimmer, was im Sommer ja auch nicht nötig war. Dafür fehlte uns auch sonst die Wärme, wie in unserem Inneren. Ich zupfte meinen Vater am Ärmel, denn er stand in Gedanken versunken am Brunnen, an dem wir vor einiger Zeit angekommen waren. »Du, ich muss jetzt gehen, es ist schon ziemlich spät.« Er beugte sich zu mir hinunter und gab mir einen Kuss auf die Stirne und sagte: »Also, bis morgen, tschüss Walti.« Ich lief über den grossen Platz gegenüber dem Kreuzgang Richtung Schlafsaal. Die meisten Kinder waren schon im Bett, und ich beeilte mich wie immer. Doch Schwester Maria sagte überaus herzlich: »Mach nur ruhig, es war heute viel für dich«, und zu den anderen Kindern sagte sie: »Lasst ihn in Ruhe und seid ruhig.« Ich legte mich nicht ins Bett, ohne vorher meine abendlichen Rituale, waschen, pinkeln und vor dem Bett noch kniend das Nachtgebet zu verrichten. Erst dann legte ich mich hin, ohne das Bild der Maria mit dem Nastuch zuzudecken. Heute war ja der liebe Gott aber auch sehr lieb zu mir, ich war zufrieden mit ihm und mit mir. Meine Augen mussten mir sofort zugefallen sein, denn ich kann mich an keinen Streit erinnern, den es doch fast jeden Abend gab. Durch irgendetwas wurde ich gegen Morgen wach und konnte einfach nicht weiter schlafen. Was war alles geschehen seit gestern Vormittag. Ach ja, mein Vater ist gekommen, und ich versuchte ihn mir vorzustellen.

Er hatte die anderthalbfache Grösse von mir. Das

Hemd hatte keinen Kragen und war etwas offen, ebenso sein gestreifter Anzug, den er nicht mehr zubekam. Sein Bäuchlein war aber nicht gross, gerade recht, um es als Kissen zu benützen. Die Hosen waren mit Trägern um den Bund aufgehängt, man konnte gut damit spielen. Manchmal benutzten wir Sockenhalter und eben diese Hosenträger als Steinschleuder. Es liessen sich allerhand Dinge damit befestigen, auch zum Hüttenbauen konnte man diese tollen Artikel gut gebrauchen. Mein Vater hatte eine Glatze, die in der Sonne glänzte, als wäre sie eine Weihnachtskugel. Seine Augen waren ein paar lustige kleine Dinger, die einen so traurig und doch voll Herzlichkeit anstrahlen konnten. Die Hände – sie waren sehr gross, und doch hatte ich keine Angst vor ihnen. Sie konnten überaus zärtlich sein. Sein Kopf lag auf breiten Schultern. Ja, ich habe einen Vater, den man anfassen konnte.

Ich hatte das alles nicht geträumt. Manchmal hatte ich eben Tagträume und dann fand ich mich nur ungern damit ab, dass ich kein Ritter oder sonst ein toller Held war. Ja, dann war ich halt nur wieder ich selbst. Aber die Tagträume, sie sind wie der Honig im Leben, ich habe sie so gebraucht. Ein Gebet zum lieben Gott, der mich heute aber auch gar lieb hatte, und schon schlief ich wieder weiter. »Aufstehen, denn es ist Zeit, in zehn Minuten fängt der Gottesdienst an.« »Dass auch alle kommen, ich kontrolliere«, sagte Schwester Maria und machte die grosse grelle Lampe an. Ich hatte sonst immer grosse Mühe aufzustehen, doch heute war ich einer der ersten am Waschtrog. Einige

Reihen Blechtröge mit Hähnen, aus denen nur kaltes Wasser kam, benützten wir zur Körperreinigung, was immer das für den Einzelnen bedeutete. Ausser samstags, da wurde alles sehr genau genommen. Alle standen in einer Reihe, um ihren Körper in seiner ganzen Pracht zu zeigen, Teil für Teil. Zuerst die Ohren, dann die Fingernägel und zuletzt den Penis. Die Vorhaut musste jeder zurückziehen und wehe, es war da nicht sauber oder roch. Schwester Maria nahm das sehr genau. Das musste schon so sein. Wir durften nicht schmutzig dem lieben Gott gegenüberstehen. »Er sieht alles und jeden Dreck, und so auch, wenn vierzig Kinder in ihren Intimbereichen nicht sauber sind«, sagte Schwester Maria jeden Samstag. Es gab nirgends eine Intimsphäre, nur die WC's hatten wenigstens eine Türe, hier konnte man sein Geschäft in Ruhe erledigen. Natürlich ging das alles nicht ohne Geschrei über die Bühne. Immer gab es ein Zirkeln, Stossen, Boxen und vieles mehr. Ich eilte heute besonders schnell in den Gottesdienst, hatte ich doch noch einen aufregenden Tag vor mir. Der Gottesdienst fand auf dem gleichen Stock in einem grossen Raum statt. Ich dachte immer, der liebe Gott hätte ein riesiges Zimmer für sich allein, und wir Kinder mussten uns in so ein kleines Zimmer quetschen. Jeden Morgen stank unser Schlafsaal nach Schweiss und Urin.

Meine Augen suchten meinen Vater, aber er war noch nicht da. Ich blieb ganz hinten bei der Tür, um ihn ja nicht zu verpassen. Meine Augen gingen vom Altar zur Tür hin und her. Wir mussten jeden Tag in die Kapelle, um dem Herrgott für unser Dasein zu danken, dass wir es hier so gut hatten. Wie hätten wir denn überlebt, wenn es nicht diese Schwestern gegeben hätte, waren sie doch ein Geschenk vom lieben Gott! Am Sonntag gab es in der Kapelle noch Weihrauch. Mir wurde immer sehr übel, wenn ich zu nahe am »Brämenfass« stand, so nannten wir Kinder diesen Weihrauchkessel. Es war sicher ein Relikt aus der Zeit, als es viel mehr Bremsen gab. Von der Predigt habe ich fast nie etwas mitbekommen, ich war immer in meinen Tagträumen, die waren viel aufregender. Erst wenn ich wieder eine Ohrfeige von hinten bekam, versuchte ich mich auf das Wort Gottes zu konzentrieren. Mein Vater liess sich nicht blicken, sicher hatte er sich verschlafen. Doch dem war nicht so, er blieb einfach liegen und schlief. Wie konnte er dies vor Gott und Schwester Maria rechtfertigen? Ich konnte mir das beim besten Willen nicht vorstellen, einfach so liegen zu bleiben. Einfach im Bett bleiben, einfach so, ohne Strafen und Schläge auf den Kopf.

Sonntags kamen auch immer die Mädchen in den Gottesdienst, unter der Woche hatten sie eine eigene Kapelle. Wenn ich da an meinen ersten Kuss denke, wird es mir immer noch heiss.

Das erste Mädchen

Mein Lieblingsbaum, unter dem ich oft lag, war auf dem Weg zum Bahnhof. Es war eine sehr grosse und alte Weide. Ihre langen Äste hingen fast bis zum Boden. Man musste schon sehr nahe kommen, um zu erkennen, wer sich am Stamm anlehnte. An Tagen, an denen ich mich glücklich oder alleine fühlte, ging ich zu meinem Baum. Unter seinen grossen Armen war ich geborgen und weit weg von allem. Die vielen Besucher aus der Vogelwelt unterhielten mich mit ihrem Gesang. Wer unter einem Baum liegt, in dem sich viele Vögel aufhalten, muss auch mit ihren Ausscheidungen rechnen. Ich rechnete zwar nie damit, bis ich eines Tages eines Besseren belehrt wurde. Die Kirschen waren überreif, und ich hatte mir natürlich einige vom nahen Baum gepflückt. Dass die Kirschen den Vögeln ebenfalls schmeckten, habe ich dann auch erfahren. Ich hatte während dem Schlafen etwas von ihrer roten Sauce abbekommen, natürlich genau auf meine rechte Wange. Im Schlaf muss ich es auf meinem Gesicht verteilt haben, denn als ich in Tante Emmas Laden ging und Hilda mich erblickte, schrie sie entsetzt auf. Mein verschmiertes Gesicht hat sie doch sehr erschreckt, sie glaubte, es sei ein schrecklicher Unfall passiert, dabei war alles nur Vogeldreck, es war halt Kirschenzeit. Meinen Baum musste ich mit einem Liebespaar teilen, das sich diesen verträumten Ort ebenfalls auserwählt hatte. Ich hatte sie nur ein- oder zweimal gesehen. Es war sehr aufregend, ihnen zuzusehen. Vielleicht störte sie der Bauer, der hier vorbei ins Nachbardorf ging, um seine vor sich hertrabende Kuh zu verkaufen. Sonst war ich an diesem Ort ungestört.

Doch einmal wurde ich unter meiner Weide von einem Mädchen geküsst. Das kam so. Ein Mädchen, das ich erst kürzlich gesehen hatte, kam wieder auf diesem Weg. Sie war ungefähr in meinem Alter und hatte sehr schönes rotes Haar. Sie war nicht aus dem Heim, also musste sie aus dem Nachbardorf sein. Das rothaarige Mädchen kam immer dienstags hier vorbei. Einmal hatte ich sie so erschreckt, dass sie fürchterlich zu schreien und weinen anfing. Dumme Ziege, dachte ich mir, es ist ja nicht so böse gemeint. Ich wollte ja nur Spass machen. Ich hatte ja nie Umgang mit Mädchen und wusste also nicht, dass sie anders reagieren als Knaben. Ich wollte mich bei ihr entschuldigen, doch sie rannte einfach davon. Tief bewegt und mit viel Schuldgefühl habe ich meine grosse Sünde gebeichtet. Jeden Samstag, nach dem Duschen, mussten wir zur Beichte in die Kapelle, um uns von den vielen Sünden, die grossen Druck auf uns ausübten, zu befreien. Innig betete ich den Rosenkranz, den ich als Busse erhalten hatte.

Der Dienstag wollte nicht kommen, an dem ich mich bei dem rothaarigen Mädchen entschuldigen wollte. Schon der Montagabend brachte mir eine böse Vorahnung, denn ein heftiges Gewitter kam über uns. Mein erster Gedanke war, wie wird es morgen sein. Selten ging ich so freiwillig in die Kirche, um einen Rosenkranz zu beten. Doch an diesem Montagabend musste ich den Schwestern aufgefallen sein, denn mein inbrünstiges Gebet muss wohl hörbar geworden sein, in den hinteren Reihen, in denen die Schwestern ihren Stammplatz hatten, so als Kontrolle denke ich. Sie wurden aufmerksam auf mich. Jedenfalls fragte mich eine Schwester etwas später auf dem Gang: »So, Walti, hast du etwas ausgefressen, dass du so zum lieben Gott gebetet hast?« Wenn die nur wüsste, dass es ein Herzenswunsch war und nicht eine Busse. Der Dienstag war so wie der Montagabend, Regen, Regen, Regen. Ich stand unter dem Weidenbaum, stand und wartete, und wartete, und kein Mädchen kam, bei dem ich mich hätte entschuldigen können. Wieder war eine Woche vorbei. Nach vielen Gebeten und Rosenkränzen wartete ich an meinem Platz unter meinem Baum. Endlich, mit klopfendem Herzen, sah ich sie aus meinem Versteck, sie kam.

Ich wartete noch, bis sie näher gekommen war, bis ich mein Versteck verliess. Sie blieb ängstlich stehen und wollte wegrennen.

»Du, ich möchte mich entschuldigen«, rief ich ihr nach, aber meine Stimme musste so leise geworden sein, dass sie mich nicht hören konnte. Vermutlich glaubte sie, ich wolle sie erschrecken. Und wieder war ein Rosenkranz fällig, dann noch einer und noch einer, nur diesmal habe ich ihn nicht in der Kirche, sondern unter dem Baum gebetet. Da muss ihn Gott ja auch hören, dachte ich. Wieder war es Dienstag, und ich hatte einen Blumenstrauss auf den Weg gelegt, um ihr zu zeigen, dass ich es nicht böse meinte. In den Sand schrieb ich das Wort »Entschuldigung«. Ich war nicht sicher, ob man Entschuldigung mit einem »t« oder »d« schreibt. Das Mädchen sah den Blumenstrauss und wollte schon wieder wegrennen, doch diesmal war ich nicht unter dem Baum, sondern in der Richtung, in die sie immer lief. Sie lief also genau in meine Richtung. Ich hatte mich auf die Strasse gestellt, nicht ohne grosses Herzklopfen. Sie blieb abrupt stehen und rief: »Bitte, tu mir nichts!« Sie hatte meinen Blumenstrauss mit den vielen Margeriten, die ich über alles liebe, in ihrer Hand. Ein »bitte, ich möchte mich entschuldigen fürs Erschrecken«, presste ich aus mir heraus. Ich ging ein paar Schritte auf sie zu und sagte noch mal, dass ich mich entschuldigen möchte. »Den habe ich dir hingelegt und noch etwas in den Sand geschrieben, sagte ich zu ihr und zeigte auf meinen Blumenstrauss.« Sie ging an die Stelle, an dem sie den Blumenstrauss aufgehoben hatte, und lachte herzlich. Sie kam auf mich zu und streckte mir die Hand entgegen zum Dank. Wir gingen unter meine Weide und erzählten uns Geschichten von uns selbst. Ich fragte sie ein Loch in den Bauch und sie erzählte mir viel über sich. Leider auch, dass sie zu Besuch sei für ein paar Wochen, bis man mehr über den Krieg wisse, der über ganz Europa tobte. Ich hatte von all dem keine Ahnung und es war mir auch egal, denn ich hörte ihr nur zu. Endlich hatte ich etwas, was nur ich erleben durfte. Wir plauderten noch einige Zeit und dann lief sie weg, wie sie gekommen war. Husch, weg war sie. Ich blieb noch einige

Zeit unter meinem Baum sitzen. An diesem Abend war ich so überaus glücklich, ich hatte einen Hauch von »ich weiss nicht was« erlebt, ein Geheimnis lag in meinem Herzen. Wenn es doch nur Dienstag wäre, dachte ich noch beim einschlafen.

Ich wusste nicht mal ihren Namen. Dieses »ich weiss nicht was« hielt sich von Dienstag zu Dienstag und wurde immer stärker. Schläge hatten fast keine Wirkung auf mich, ebenso konnte ich Arbeiten verrichten, ohne zu murren. Einfach so. Die Welt hatte eine andere Farbe und die Farben waren intensiver geworden. Ich spürte Wärme in mir und war erfüllt von eben diesem »ich weiss nicht was«.

Den Hunger spürte ich kaum oder nahm ihn einfach nicht wahr. Mein Gesicht hatte je länger je mehr einen lieblichen Ausdruck.

»Katrin« sei ihr Name, sagte sie mir am folgenden Dienstag. Es war wie Orgelmusik für mich. Ich tanzte um den Baum herum und sang. »Katrin, Katrin« bis mir schwindlig wurde und ich neben meiner Katrin ins Gras sank. Ich lag da, mit geschlossenen Augen, war glücklich und benommen. Ich spürte plötzlich etwas Samtweiches auf meinen Lippen. Ich wusste, das war sie, es war, wie wenn mich der Flügel eines Engels berührt hätte. Instinktiv liess ich meine Augen geschlossen und genoss diese Berührung. Ich wusste, dass ich die Augen auf keinen Fall öffnen durfte, dann wäre es verflogen. Ich spürte ihren heftigen Atem über mir und liess es geschehen. Ihre langen, roten Haare strichen dabei über mein Gesicht, und ich konnte sie riechen.

Ein Orkan von diesem »ich weiss nicht was« kam in mir hoch, und ich glaubte, ich müsse zerspringen. Eine leise Stimme drang an mein Ohr und ich hörte die Worte »Walti, ich mag dich.« Nur noch ein Rascheln im Gras, und ich war wieder allein. Obwohl ich die Augen nicht öffnete, sah ich alles, was um mich vorging. Noch lange lag ich im Gras, ihren Duft riechend, die Augen fest geschlossen, als wollte ich alles festhalten. Die roten Haare in meinem Gesicht spürend und ihren Kuss auf meinen Lippen. Bin ich jetzt verheiratet? Bekomme ich gar ein Kind? Wilde Gedanken umkreisten mich. Irgendwie kam ich ins Heim zurück, vermutlich bin ich geflogen, denn ich fühlte mich sehr leicht. Ein grosses Geheimnis war in mir.

In der nächsten Zeit spürte ich die Schläge noch weniger und die Arbeiten glitten mir noch besser von der Hand. Die Rosenkränze folgten einer dem anderen, aus Dankbarkeit und Freude. Ich hatte keinen Grund, das Marienbild mit einem Tuch zuzudecken. Auch vergass ich nicht, immer frische Blumen davor aufzustellen. Denn ich war mit dem lieben Gott mehr als zufrieden.

Wieder war ich unter meinem Baum, denn es war Dienstag, und wartete. Ich wartete von einem Dienstag zum anderen, aber mein Engel kam nicht. In meinem Herzen kam ein Hadern gegen den lieben Gott auf, der mir aber auch gar nichts gönnte, der mir auch alles wieder wegnahm, wenn ich etwas Schönes hatte. In Katrin hatte ich das Schöne erblickt. Die Schläge spürte ich jetzt stärker als je zuvor, und die Arbeiten musste ich oft x-mal wiederholen, weil ich so unkonzentriert war. Mein Herz war trauriger denn je, und meine Augen rot und trocken vom vielen Weinen. Nur im Traum sah ich meinen Engel hin und wieder, doch spüren durfte ich ihn nicht mehr. Mein Gott, warum musst du mich so bestrafen. Trotz schlechtem Gewissen hatte ich das Jesusbild mit einem Nastuch zugedeckt. Strafe musste sein. Wenn der liebe Gott mir schon nichts gönnte, so brauchte er auch nichts zu sehen.

Wieder war es Dienstag und ich wartete: Groll, Trauer und Hoffnung waren so nah beisammen, dass ich nur die Schmerzen in meinem Bauch wahrnahm. Endlich sah ich sie von weitem den Weg auf mich zukommen. Schon von weitem winkte sie mir hüpfend zu »Hallo Walti«, rief sie. Wir setzten uns unter meinen Baum, und sie gab mir ein Kuchenstück, das sie für mich mitgenommen hatte. Ich musste rot angelaufen sein, denn plötzlich lachte sie laut heraus. »Bisch jo ganz rot im Gsicht«, lachte sie. Wie ich ihr Lachen mochte. Und wieder kam in mir ein Gefühl auf, dieses »ich weiss nicht was«. Sie erzählte mir, dass sie krank gewesen sei und deswegen nicht kommen konnte. Aber auch, dass sie bald wieder nach Hause gehen werde. Lange Zeit sagte ich kein Wort, wilde Gedanken quälten mich, und eine Traurigkeit stieg in mir auf. »Sehen wir uns dann nie mehr?«, fragte ich sie.

Ich spürte, wie ihre Hand die meine suchte und sie fest hielt. Wir rückten näher an uns heran, so dass wir uns auch mit den Schultern berührten. Wir wussten irgendwie beide, dass das ein feierlicher Moment war und blieben stumm. Ganz leise fing sie zu summen an, es war, als würde der Wind durch die Äste streichen. Ich schaute zu ihr hinüber. Ihre Augen waren geschlossen. Ihr Gesicht und ihre Haare strahlten im Sonnenlicht, das durch die Äste schimmerte. Sie sah der Maria in der Kirche so sehr ähnlich. Ich rückte etwas näher zu ihr, so dass ich ihr leise ins Ohr sagen konnte: »Du, ich mag dich.« Sie boxte mich in den Arm, und wir fingen an zu »zickeln«. Ich spürte ihren Körper mal unter mir, mal über mir. Wir lachten und hatten es lustig miteinander. Die Kirchenuhr aus dem Nachbarsdorf läutete zum Nachtgebet. Es war Zeit zu gehen. Diesmal ging ich noch ein kleines Stück neben ihr her. Sie blieb plötzlich stehen, drückte meine Hand und gab mir einen Kuss auf die Backen. »Tschüss, du musst gehen, sonst bekommst du wieder Schläge«, meinte sie. »Bis Dienstag«, rief ich ihr noch nach, sie war einfach davongerannt. Sie winkte mir noch einmal und verschwand hinter der Wegbiegung. Ich blieb noch einige Zeit so stehen, bis ich mich auf den Rückweg ins Heim machte. Immer wieder strich ich über die Stelle an der Wange, auf die sie mir einen Kuss gegeben hatte. Lange konnte ich nicht einschlafen, meine Gedanken waren bei meiner Katrin.

Morgen ist wieder Dienstag, und ich freute mich sehr auf unser Wiedersehen. Die Woche war wie im Flug vorbei. Alle Gedanken waren bei ihr. Ich musste ihr unbedingt noch von diesem und jenem erzählen, überlegte ich laufend. Aus irgendeinem Grund hatte ich

Hausarrest bekommen für drei Tage. Nicht die Strafe war das eigentlich Schmerzhafte, nein es war, dass sie wartete, und ich nicht zu ihr gehen konnte. Ich glaubte, sterben zu müssen, wenn ich daran dachte, dass sie jetzt unter meinem Baum wartete. Ich schrie aus vollem Hals, so dass ich später fast eine Woche kein Wort mehr sagen konnte. In dem Keller, in dem ich schon zwölf Stunden eingesperrt war, konnte man mich ja nicht hören. Ich fluchte auf Gott, auf alle Schwestern und auf alles, was mir gerade in den Sinn kam. Das Leben hätte da sofort aufhören können, ich wollte nicht mehr leben. Allein, im Dunkeln frierend und mit so einer Wut im Bauch, gibt es da noch ein nachher? »Sie sollen mich hier nur verrecken lassen!«, schrie ich ohne Stimme.

Ich hockte in einer Ecke, in der es unsagbar nach allem Stinkenden roch, auch nach meinem Urin. Was in über zwölf Stunden unvermeidlich war. So von Gott verlassen und nicht bei meiner Katrin zu sein, das war das Schlimmste. Ja, das musste die Hölle auf Erden sein, dachte ich immer wieder.

Aber ich überstand auch diese Hölle: es stand wieder ein Dienstag an. Schon am Sonntag war es mir nicht so geheuer, denn ich hatte eine Bemerkung von einer Schwester aufgeschnappt, dass wir einen grossen Ausflug machen würden. Eigentlich hatte ich mich immer auf einen solchen Tag gefreut, denn es gab eine Abwechslung in unseren öden Alltag. Hoffentlich nicht am Dienstag, dachte ich immer und immer wieder. Aber es kam, wie es kommen musste, es war der

Dienstag. Ich versuchte mit allen mir zur Verfügung stehenden Mitteln, nicht mitzugehen. Ich versuchte, mich krank zu stellen, um dann abzuhauen, aber alle, aber auch alle mussten mit. Wie ein Nachtwandler lief ich hinter den anderen her und sah und hörte überhaupt nichts. Ich stellte mir vor, was sie mir sagen wollte. Ob ich wieder einen Kuss bekäme. So sehr war ich in Gedanken versunken, dass ich Schwester Maria, die seit einiger Zeit, wie sie sagte, neben mir ging, nicht bemerkte.

Am nächsten Tag, also Mittwoch nach der Wanderung, ging ich wieder zu meinem Baum. Irgendwie wollte ich spüren, dass sie da war, sie war wie ein Strohhalm, an dem ich mich über Wasser halten konnte. Lange sass ich da, die Tränen liefen aus meinen geröteten Augen. Plötzlich sah ich ein Nastuch, in dem etwas eingewickelt war. Feierlich machte ich es auf, mit zitternden Händen. Es war gar nicht einfach, sie hatte einen festen Knoten gebunden. Ein Brieflein und ein Bild mit Goldrand. Ein sehr schöner Engel auf einer Wolke war abgebildet.

Lieber Walti, las ich, leider werde ich dich nie mehr sehen, denn morgen gehe ich wieder nach Hause zurück. Ich habe lange auf dich gewartet. Ich weiss ja, dass du nicht kommen konntest, denn ich war im Heim und habe mich bei einer Schwester nach dir erkundigt. Sie sagte mir, dass ihr den ganzen Tag weg seid. Ich habe dich fest in mein Herz geschlossen und werde dich nie vergessen. Katrin. Am Schluss stand noch Kuss.

Ich presste den Brief und das Bild mit dem Engel an mein Herz. Über Wochen trug ich den Brief immer mit mir herum, aus Angst, es könnte ihn jemand finden. Später hab ich ihn verbrannt, damit ihn niemand lesen konnte. Das Bild mit dem Engel hatte einen Platz auf dem Hausaltar bekommen, neben der Maria und dem lieben Gott.

Glück im Unglück

Nach der Morgenandacht nahm mich Schwester Maria aus der Reihe. »Nach dem Morgenessen kannst du zu deinem Vater gehen, er ist im Gästezimmer beim Frühstück.« Das Essen ging wie immer sehr schnell, doch heute war es nicht wegen der täglichen Kämpfe, sondern weil ich schnell zum Vater gehen wollte. Ich rannte über den Platz und übersah unter den vielen Kindern, dass Fritz, ein Ekel, mir das Bein stellte. Ich fiel der Länge nach hin. Ich schrie vor Schmerzen, denn es war ein Sandboden und die kleinen Steine taten das ihre auf der nackten Haut. Es blutete sehr stark, und ich weinte recht herzhaft, obwohl mich ein Teil der Kinder auslachte. Ich stellte mich in den Brunnentrog, den es im Hof gab und der sehr kaltes Wasser enthielt, denn das sollte das Blut stillen, sagte eine Schwester, die zufällig vorbei kam. Es gab in solchen Situationen selten solche Zufälle, dass jemand von der Leitung dazu kam. Wir hatten neben dem Brunnen auch einen Hasenstall. Vor zehn Tagen mussten wir Mäuse, die sich zu Hunderten da einquartiert hatten, töten. Wir mussten die Tiere einfangen und in diesen Brunnen werfen, in dem ich jetzt mein Knie vom Blut reinigte. Noch immer höre ich das Piepsen und die Schreie der Mäuse, die um ihr Leben krabbelten. Sie wurden erbarmungslos untergetaucht, der ganze Brunnen war am Boden zwanzig bis dreissig Zentimeter hoch mit toten Mäusen gefüllt. Ich musste einfach mitmachen, auch wenn ich es nicht wollte. Dies sei die Strafe, dass sie den Hasen alles wegfressen, sagten die Schwestern. Ich sehe immer noch die verängstigten Mäuseaugen vor mir. Schreiend suchten sie sich an irgendetwas fest zu halten, um nicht elendiglich zu versaufen. Eine kleine Maus schaute mich besonders verängstigt an, und obwohl ich mit Schlägen rechnen musste, nahm ich die nasse Maus und steckte sie in meinen Hosensack. Später liess ich sie wieder frei, ohne dass es jemand bemerkt hatte. Als Strafe betete ich in der Kapelle einen ganzen Rosenkranz. Für die Maus musste der Aufenthalt in meinem Hosensack ein Horror gewesen sein, denn als ich sie befreite, kamen da noch so viele Sachen zum Vorschein. Der Hosensack war für uns der wichtigste Aufbewahrungsort, den man kannte. Ich sammelte alles, was ich fand, so war ich immer mit etwas Eigenem umgeben. Schnüre, Deckel, Scherben und tausend Dinge, die man als Bub brauchte.

Ich stand jetzt in demselben Brunnen, und obwohl es immer noch blutete und mir jede Bewegung wehtat, sprang ich aus dem Brunnen. Ich hatte plötzlich grosse Angst, man könnte mich auch ersäufen. Ich wurde dann in einem Zimmer, in dem ich noch nie war, von unserer sehr rauen Köchin verbunden. Ich war sicher, dass ich nur verbunden wurde, weil Besuch da war, ich hatte da schon andere Wunden gehabt, wo nichts getan wurde.

Es war vor einem Jahr, da hatte ich mein linkes Handgelenk gebrochen. Ich hatte sehr grosse Schmerzen und wusste nicht was tun. Ich musste mich erbrechen und war manchmal einfach ohne Besinnung. Ich wurde zur Heimleitung gebracht, die sagte, ich solle nicht so wehleidig sein und sie gaben mir noch eine Ohrfeige. Ich konnte überhaupt nichts machen, meine Hand hing einfach nur so an mir, und sie gehorchte mir überhaupt nicht. Jedes Mal, wenn ich sie bewegen wollte mit der anderen Hand, schrie ich laut hinaus. Es tat unheimlich weh. Ich hatte aber Glück, denn eine Kuh musste kalben. Der Bauer hatte mich schon vermisst, als ich just zu der Zeit in den Stall kam, als der Tierarzt sich um die Kuh bemühte. Der Bauer fragte mich, warum ich seit fünf Tagen nicht mehr gekommen sei. Lisa wartete immer ungeduldiger auf mich. Ich zeigte ihm die Hand. Die Bäuerin kam auf mich zu und wollte sich die Hand ansehen. Als sie die Hand berührte, schrie ich sehr laut. Der Tierarzt trat hinzu, nahm vorsichtig die Hand und ich schrie wieder, auch wenn ich es nicht wollte, es tat so weh. »Wie lange hast du schon dieses gebrochene Handgelenk?«, fragte er mich, und ich sagte »seit fünf Nächten«. Ein tobender Tierarzt sagte ganz boshafte Schimpfwörter über die Schwestern. Wenn dich der liebe Gott dafür nur nicht in die Hölle schickt, dachte ich leise. Er sagte zum Bauer: »Ich nehme ihn mit ins Dorf.« »So geht das nicht, Kleiner«, sagte er zu mir, »ich fahre dich in meine Praxis und werde dir den Arm gipsen.« Es muss Sonntag gewesen sein, denn als wir in das Dorf fuhren, kamen viele Leute in schönen Kleidern aus der Kirche.

54

Seine Frau machte mir einen herrlichen Sirup. Ich musste noch einige Schmerzen über mich ergehen lassen, doch ich war plötzlich eingeschlafen. Man müsse mir den Arm neu richten, sagte mir der Tierarzt. Ich erwachte und konnte meinen Arm kaum bewegen, denn er war jetzt eingegipst. Aber es tat mir nicht mehr weh und es war so schön, keine Schmerzen mehr zu haben.

Mir wurde noch ein Tuch um den Hals gewickelt, so dass ich den Arm darin hängen lassen konnte. Da es Mittagszeit war und es so gut aus der Küche duftete, starrten meine Augen wie gebannt in diese Richtung. Der Tierarzt fragte seine Frau, ob es für mich auch noch reiche und so durfte ich zum ersten Mal in meinem Leben an einem schön gedeckten Tisch das Sonntägliche erleben. Wohl mussten sie mir alles zerschneiden, da eine Hand ausgefallen war. Ich genoss es in vollen Zügen, verwöhnt zu werden.

Am gleichen Abend durfte ich mit dem Tierarzt wieder ins Heim zurückfahren. Erst jetzt nahm ich wahr, dass ich schon zum zweiten Mal in einem Auto gefahren war, und nicht ohne Stolz fuhren wir auf dem großen Platz noch eine Extrarunde vor den Kindern. Sie staunten nicht schlecht. Es war übrigens auch das erste Mal, dass ich so vornehm fahren konnte.

Ein richtig schöner Ausflug

Mein Vater wartete schon einige Zeit, und ich kam etwas verheult zu ihm, und klagte ihm mein Leid. »De blöd Fritz, ich zahl das dem scho no heim«, schimpfte ich laut. Mein Vater nahm mich in den Arm, sehr vorsichtig, um mir ja nicht noch mehr weh zu tun. Er legte mir einen Arm um den Hals und drückte mich leicht an sich. »Komm, wir gehen ins Dorf.« Besorgt fragte er: »Aber sag, Walti, kannst du überhaupt laufen?« »Ja, ja«, sagte ich, denn ich wollte weg von hier, einfach nur weg. Wir waren schon fünf Minuten unterwegs, als uns der Bauer mit seinem Sautränke-Traktor überholte. »Was ist mit dir, Walti, du humpelst ja?« »Ach, dr Fritz, de hett mir es Höpperli gestellt.« »So e Tschumpel!«, fluchte der Bauer und fragte Vater, ob er ins Dorf wolle, wenn ja, könnten wir hinten aufhocken. Wir liessen die Beine »baumeln« und lehnten uns an die Kannen für die Sautränke.

Ich hab es immer genossen, hinten auf dem Wagen zu sitzen und meine kleine Welt an mir vorbeiziehen zu lassen. Die Welt mag wohl klein gewesen sein, aber für mich war diese Welt alles, was ich kannte und hatte. Ich hatte all die Bäume, die Gräser und Schnecken, Regenwürmer und Mäuse und vieles mehr. Ja, ich war reich.

Der Tag war noch jung und wir voller Tatendrang und gespannt, was auf uns zukommen würde. So fuhren wir durch die Landschaft, neben mir mein Vater, hinter mir am Steuer mein Bauer.

Im Dorf angekommen, liess uns der Bauer absteigen, wir bedankten uns höflich. Wir besuchten die imposante Kirche, die im Zentrum stand. Der grosse Platz vor der Kirche wurde oft zum Marktplatz umfunktioniert. Wir Kinder durften nie ins Dorf gehen, ich weiss nicht, was passierte wäre, wenn da auf einmal 250 Kinder auftauchen würden. Ich genoss es, in aller Stille mit meinem Vater zu promenieren. In der Kirche war alles weiss, sauber und goldig, es beeindruckte uns sehr. Der Engel, Maria und viele heilige Bilder waren zu bestaunen. Auch da das Gleiche wie im Heim. Der liebe Gott hat für sich so viel Platz. Und wir Kinder? Gott müsste man sein. Es war schon eine Weile vergangen, als in der leeren Kirche die Orgel zu spielen anfing. Der Organist musste ja auch mal üben. Ich genoss es, dass ich seiner Übung beiwohnen konnte. In unserer Kapelle gab es ein »schäbiges« Harmonium zum Treten. Das Quietschen der Pedale hörte man genau so wie das Atmen der alten Schwester Madeleine, denn sie hatte Asthma. Mir tat sie ehrlich leid, wenn sie sich so abquälte. Fast immer musste eines der Kinder beim Treten helfen, denn ohne unsere Hilfe wäre aus dem alten Ding kein Ton gekommen. Vor dem lieben Gott durften auch die Mädchen mit uns Knaben im selben Raum zusammen beten.

Der Organist in der Kirche spielte am Anfang ganz leise und steigerte sich, mir kamen die Tränen. Nicht aus Angst oder Schmerzen oder, was selten war, aus

Freude, nein, sie kamen einfach, weil die Musik und nur diese Art von Musik Zugang zu meinem Herzen fand. Die Orgelmusik, besonders den tiefen Begleitton, spürte ich sogar als Vibration in meiner Brust. Ich war so begeistert und so abgehoben von der Umwelt, dass ich nicht mal den Vater neben mir wahrnahm. Nach einiger Zeit wurde ich mir der Wirklichkeit wieder bewusst und fragte meinen Vater, ob er das AVE MARIA kenne. Er nickte und sagte etwas laut, weil wir ganz alleine waren: »Mein Lieblingslied.« Meines auch. Ich schlich auf die Empore, wo der Organist gerade seine Noten einpacken wollte. »Ach bitte«, sagte ich stotternd, »spielen Sie für diesen Mann da unten das AVE MARIA, das ist mein Vater und er besucht mich?« »Von wo bist du, Kleiner, ich habe dich noch nie gesehen im Dorf, ich kenne sonst alle Kinder.« »Ich bin vom Heim«, erklärte ich ihm. »Ah, ah«, brummte er, »also gut, geh zum Vater, ich spiele euch das AVE MARIA.« Ich bedankte mich und eilte die Wendeltreppe hinunter, ohne daran zu denken, dass das hier eine Kirche war und man da nicht so die Treppen hinunter springen durfte. Aber ich wollte schnell zum Vater und dabei sein, wenn unser Lied gespielt wurde. Mein Vater wollte gerade aufstehen, als ich angerannt kam. Aufgeregt sagte ich zu ihm: »Bitte warte noch, ich habe eine Überraschung für dich.«

»So, so«, lachte er, »und das in der Kirche.« Er setzte sich wieder hin. Genau in dem Moment fing unser schönes Lied an. Der Organist muss gemerkt haben, dass er jetzt etwas überaus Schönes für zwei Menschen bewirken konnte, denn er spielte sehr gefühlvoll. Ich schaute meinen Vater an und sah, wie ihm eine Träne nach der anderen über die Backen lief. Auch ich musste mit den Tränen kämpfen, doch ich war der Verlierer. Und so liessen wir ungehindert all die Gefühle aus uns heraus. Mein Vater nahm mich in die Arme, und ich versank in einem Meer der Geborgenheit. Nie hatte ich etwas Ähnliches erlebt, nie dieses tiefe Glücksgefühl gespürt, nie die Wärme zu einem Menschen so wahrgenommen wie jetzt. Es war ein Moment zum Sterben vor Glück und Geborgenheit. Es war wohl die Grenze des Erträglichen, von der Leere jetzt in diese Fülle von Gefühlen.

Wie lange wir so umschlungen gesessen hatten, wusste ich nicht, jedenfalls war der Organist nicht mehr da, und der Aufgang zur Empore war abgeschlossen. Ich wollte mich doch nochmals bedanken beim Organisten. Müde und erschöpft gingen wir aus der Kirche und setzten uns auf eine Bank unter einem Baum. Wir mussten uns etwas »verluften« lassen oder einfach nur Abstand bekommen. Wir sprachen kein Wort, aber wir hatten noch immer Körperkontakt.

»Hast du auch Hunger?«, fragte Vater plötzlich. Ich musste ehrlich überlegen, denn ich war von dem seelischen Ausflug der Gefühle noch nicht wieder ganz zurückgekehrt. Ich sagte einen Moment nichts. »Ja, ich glaube schon.« »Also lass uns gehen, wir werden ein kleines Restaurant suchen.« Essen aus Hunger gab es für mich nicht, denn ich hatte immer Hunger. Ich war es nicht gewohnt, etwas dagegen zu unternehmen, bis es Zeit war zu essen. Ich kannte nicht die Möglich-keit, den Hunger mit etwas zwischendurch zu beruhi-gen. Ich war es auch gewohnt, dass mein Magen sich mit Brummen und Stechen bemerkbar machte. Aber dass man etwas dagegen tun konnte, war mir nicht be-wusst, zumal es auch keine Möglichkeit dazu gab. »O ja, das ist fein«, sagte ich aufgeregt, »aber kannst du dir das leisten, ist es nicht viel zu teuer?« fragte ich be-sorgt. Man musste sehr reich sein, um in ein Restau-rant gehen zu können. »Du, mach dir keine Sorgen, ich habe von der Heimleitung etwas Geld für uns be-kommen, das verputzen wir jetzt.« »Toll«, sagte ich, nicht ohne Staunen und Verwunderung. Wir gingen schlendernd durch die doch recht schmalen Gassen. Durch die offenen Fenster hörten wir Radio oder Kin-derlachen. Ich nahm die verschiedenen Düfte von ko-chendem Essen wahr und schon meldete sich der Magen mit lautem Knurren. Wir kamen an einem klei-nen Restaurant mit einem noch kleineren Garten vor-bei. Wir fragten, ob wir etwas zu essen bekämen und erhielten die Antwort: »Nur wenn ihr warten könnt. Wir kochen eigentlich nur an Sonntagen. Habt ihr Ra-tionierungsmarken?«

Mein Vater sagte irritiert: »Nein, die habe ich verges-sen. Ich habe nur Geld.« »Von wo kommt ihr«, fragte die Wirtin etwas mürrisch. »Wissen Sie, das ist mein Vater, er kommt mich besuchen.« »Aus Basel«, er-gänzte mein Vater. »Und du Kleiner, bist du aus dem Heim?«, fragte sie mich. Ihre Stimme klang jetzt schon freundlicher. »Ja, ich komme aus dem Heim«, sagte ich und zeigte in die vermeintliche Richtung. »Wartet mal«, sagte sie, »setzt euch da an den Gartentisch.« Nach einer Weile kam sie mit einem herrlichen Holundersirup und stellte ihn mit zwei Gläsern auf den Tisch. »Gut, ich koche euch etwas, aber ihr müsst halt schon etwas warten.« »Oh, herzlichen Dank, aber hoffentlich machen wir Ihnen keine Umstände«, meinte der Vater. »Ach, lassen wir das«, sagte die Wirtin. »Nehmt mal von dem Sirup, ich schenke ihn euch. »Herzlichen Dank, ihr seid überaus lieb.« Ich fragte die Wirtin, wo ich hin könne, ich müsse mal, es sei dringend. Sie zeigte mir den Weg, der durch die Gaststube führte. Hinter dem Haus gab es ein Plumps-Klo. Es gab für mich bis dahin nie richtiges WC-Papier, nur immer alte Zeitungen, doch hier war es schon vornehmer. Hier bekam man keinen schwarzen Po von der Druckerschwärze. Ich ging wieder durch die Gaststätte und bemerkte am Fenster einen einzelnen Gast, der einen Wein vor sich hatte. »Das ist doch der Organist«, sagte ich etwas laut. Jedenfalls drehte er sich um und lächelte mich an und sagte zu mir: »Hat es dir und deinem Vater gefallen?« Ich ging etwas gehemmt auf ihn zu und wollte ihm danken, er kam mir zuvor, und sagte »Es isch scho recht so. Ich habe das gerne gespielt für euch.« Ich lief zum Vater und sagte ihm, wer da drinnen Wein trank.

Die Wirtin kam zu uns und setzte sich an den Tisch. »Mir hat der Organist vorhin alles erzählt, und ich möchte euch zum Mittagessen einladen. Ihr seid also jetzt meine Gäste.« Mein Vater wollte gerade etwas erwidern, sie aber sagte: »Nur keine Widerrede. Aber erzählen sie mir, wie es in Basel ist, als Grenzstadt in dieser Zeit. Ihr müsst ja sowieso noch warten, bis Hedwig das Essen fertig hat. Sie ist übrigens ein Flüchtling, ich glaube eine Jüdin, sagte unser Herr Pfarrer, der sie mir vor einem Jahr gebracht hatte. Dass sie eine ausgezeichnete Köchin ist, werdet ihr bald merken. Was dann mein Vater alles erzählte, war für mich wie von einem anderen Stern, einfach nicht fassbar.

»Ja, es ist eine schwere Zeit, die vielen Bombenalarme, die es fast jede Nacht gibt. Nachts müssen wir alles verdunkeln, sogar die Velos müssen abgedunkelt fahren. Alles ist rationiert. Am Riehenring, da, wo ich wohne, hat es auf der anderen Seite schon viele hunderte Flüchtlinge, es sind meistens Juden. Auf der anderen Strassenseite von unserem Wohnhaus ist Deutschland. In der Mustermesse werden aus der ganzen Schweiz Liebespäcklein gestapelt. Überall gibt es Militär und Panzer, die sehr hörbare und manchmal auch spürbare Kampfhandlungen ausführen und uns sehr verunsichern. Erleben wir den Morgen noch? Deutschland ist ja nur durch einen Gartenhag von unserer Wohnung getrennt. Bei Bombenalarm müssen wir alle in den Keller und vor dem Kellerfenster wurde ein Sandkasten montiert, um bei einem Hauseinsturz durch den Sand ins Freie zu kommen. Jedes Haus hat so einen Sandkasten, der doch eine beachtliche Grösse hat. In der Nacht kann man die Kämpfe der Deutschen und der Franzosen über unseren Häusern an den Lichtspuren sehen. Dass es sehr gefährlich ist, versteht sich von selbst. Morgens gehen wir dann in die Langen Erlen, einem Wald in unmittelbarer Grenznähe, etwa zehn Minuten von unserer Wohnung, um Holz zum Heizen zu suchen. Die nächtlichen Feuergefechte schlagen manchmal in die Bäume ein, und so können wir die Holzsplitter zum Heizen mitnehmen. Es gibt oft lange Schlangen von Leiterwägeli-Haltern, die gebrochene Äste einsammeln. Wir haben kein Geld zum Holz kaufen und sind für eine warme Mahlzeit auf Holz angewiesen. Wir kochen und wohnen nur in der Küche, da ist unser einziger Holzofen. Und die grosse Angst, kommen die Deutschen auch zu uns, es hat ja nur einen Drahtzaun zwischen uns.«

Ich hörte aufmerksam zu, denn ich hatte den Krieg überhaupt nicht bemerkt. Die Wirtin sagte: »Wir spüren ja da fast nichts, da jeder ein kleiner Selbstversorger ist, leben wir kaum anders als sonst. Nur Zucker und Kaffee sind Mangelware. Ihr habt ja überhaupt nichts, da unten«, sagte sie, »Ihr tut mir echt leid.«

»Ja«, sagte mein Vater, »wir können uns oft nicht satt essen. Es gibt eine kleine Bäckerei in der Horburgstrasse, da bekommen wir hin und wieder Zerbrochenes, was nicht verkauft werden kann. Für uns ist das fast wie Weihnachten! Es gibt in der Mustermesse eine Militärküche, die einmal am Abend Suppe an die verteilt, die kein Brennholz oder kein Geld mehr haben. Auch ich stehe oft in der langen Schlange mit meinem »Milchkesseli«.

Ich hatte plötzlich das Gefühl, meinen Vater umarmen zu müssen. » Du auch, ich muss auch jeden Tag zum

Essen anstehen mit meinem Teller«, sagte ich als Trost. Er lächelte nur und strich mir übers Haar. »Ja, wir haben es beide nicht leicht«, murmelte er etwas in sich hinein. Die Wirtin hörte, wie ich, gespannt zu. Sie stand schweigend auf, um in die Küche zu gehen und nach dem Essen zu schauen. Schweigend sassen Vater und ich nebeneinander. Es machte mich sehr traurig, dass es meinem Vater und meiner Mutter so schlecht ging. Ich hätte doch jeden Tag etwas zu essen gehabt, wenn ich nicht so ein Angsthase gewesen wäre. Ich hatte es eigentlich viel leichter mit dem Sammeln von Breitwegerich als Vater und Mutter. Der Breitwegerich war nicht so schwer wie Holz, dachte ich. Meine Gedanken wurden durch einen herrlichen Duft unterbrochen. Mein Magen liess es sich nicht nehmen, lautstark und in froher Erwartung, mit einem Knurren seine Freude kund zu tun. Und schon kam unsere Wirtin mit einer Pfanne.

»Mais«, schrie ich aufgeregt, »mein Lieblingsessen, juhui!« Hinter der Wirtin kam Hedwig mit zwei kleinen Pfännlein, in dem einen Pilze und in dem anderen ein Gemüse, welches ich nicht kannte. Mein Teller nahm eine Form an, der meine Augen kaum trauten. Unbekannte Düfte, herrliche Gemüse, Pilze, es war wie Orgelmusik, wenn der Organist das AVE MARIA spielte. Ich strahlte und genoss es, nicht mit 250 anderen zu essen, nur Vater und ich, einfach toll!

Nach dem Essen machten wir uns daran, uns zu verabschieden, doch daraus wurde nichts. Für Vater gab es einen richtigen Kaffee, sein Duft erfüllte die ganze

Umgebung. Einen richtigen Kaffee, ohne Aroma und ohne Eicheln. Mein Vater kam sich vor wie ein König, und ich durfte ein Stück Apfelkuchen vernaschen. Wie lange schon hatte mein Vater keinen richtigen Kaffee getrunken und ich keinen Apfelkuchen gegessen, es war wie Weihnachten und Ostern zugleich. Es wurde uns überhaupt nicht leicht gemacht, uns zu verabschieden, nach all der Gastfreundschaft und der Herzlichkeit. Es war, als verliessen wir echte Verwandte, die uns sehr mochten. Uns wurde noch lange nachgewunken. Ich musste der Wirtin versprechen, dass ich sie wieder besuchen komme, was ich natürlich gerne tat. Ohne ein Ziel vor uns zu haben, gingen wir aus dem Dorf, welches ohnehin nur aus ein paar Häusern bestand.

Mein Knie spürte ich immer noch, ich humpelte leicht. Die Schatten wurden schon etwas länger. Ich vergewisserte mich bei der Turmuhr, die man von hier gerade noch sehen konnte, dass es noch nicht so spät war. Auf dem Weg lag eine kleine Büchse, so wie ich sie im Steinbruch und der Abfallhalde oft fand. Zuerst fing ich an, sie mit Genuss vor mir her zu »tschutten«. Da ich ja nicht meine Sonntagsschuhe anhatte, war es ohne Bedenken. Mein Vater sah mir einige Zeit zu, ohne sich zu beteiligen, doch er konnte meinen Aktivitäten nicht länger zusehen. Obwohl er sicher seine besten Schuhe anhatte, fiel er plötzlich in mein Spiel ein. Es wurde eine tolle Sache daraus. Die nicht asphaltierte Strasse hatte ihre Tücken, denn die Büchse flog unkontrolliert vor uns her. Wir mussten uns also recht sputen, um sie immer wieder vor uns herzutreiben. Ich weiss nicht, wie lange wir unsere Büchse vor uns hertrieben, jedenfalls eine lange Zeit. Wir lachten, sprangen und hüpften um uns herum. Mein Vater unterschied sich ausser der Grösse nicht von meinen Kameraden. Irgendwie waren wir beide ausser Atem und eigentlich froh, dass die Büchse in einen grossen Kuhfladen gefallen war, so hatten wir einen Grund, aufzuhören und zu verschnaufen.

Fest lag meine kleine in seiner grossen Hand, und wir schlenderten ungezwungen Richtung Heim. Nicht einmal hatte ich ans Heim denken müssen. Der Tag war so schnell vorbei, als hätte jemand an der Turmuhr gedreht. Wenn es doch nur immer so bleiben könnte, ich wäre auch immer sehr brav. Die Schatten waren schon bedrohlich nahe an der Strafgrenze angekommen, also Zeit, sofort zurückzukehren. Wir ordneten unsere Kleider, pflegten unsere verstaubten Schuhe und kontrollierten uns gegenseitig. »Okay, wir können gehen«, sagte ich zum Vater, »zu Befehl«, lachte mein Vater. Kaum waren wir wieder in der Nähe des Heimes, kamen uns auch schon einige Kinder entgegen. Es verlief alles wie gestern, wir wurden wieder ins Heim begleitet. Ich war der Höhepunkt des Tages und der Gesprächsstoff Nummer eins. Und ich genoss den Rummel um mich in vollen Zügen. Seit zwei Tagen hatte ich keine Schläge erhalten, musste auch keine Aufgaben übernehmen und nicht ums Essen kämpfen.

Schule und anderes

Im Sommer spielte sich alles im Freien ab, auch unsere Schulstunden. Unter einem Baum hing eine grosse Wandtafel, auf der Schwester Maria ihre Lektionen aufschrieb. Wir sassen um den Baum im Gras, jeder mit einer Tafel, auf der wir unsere Aufgaben lösten. Natürlich hatten wir nur Kreide zum Schreiben, was einen unheimlichen Lärm machte. Es ging einem durch Mark und Bein. Und nicht selten wurde deswegen auch gestraft.

Doch unsere liebe Schwester Maria musste hundert Augen haben, denn sie sah alles und reagierte unverzüglich. Dabei war es eine Qual, nur bei ihr zu sein, wo es doch so vieles zu sehen gab: Würmer, »Heugümper«, Schnecken, Vögel und viele andere Kleintiere.

Ich war oft in Gedanken auf Siegestour, als Ritter, Indianer oder sonstiger Held. Ich rettete, half den Armen oder ritt einfach nur weg von hier. Mit einer Ohrfeige wurde ich in die verhasste Schulstunde zurückgeholt.

Im Hochsommer waren da auch noch die grossen Bremsen. Einige meiner Kameraden, besonders Fritz, banden den Bremsen eine Schnur um den Körper mit einem Zettel, auf dem doofes Zeug stand. Hatte er keine Schnur, so steckte er einen Strohhalm in das Hinterteil mit einem Zettel.

Dass das wiederum Streit gab, war doch klar, und wenn der Schuldige nicht gefunden wurde, mussten alle am Abend Spitzwegerichblätter sammeln für eine Teefabrik. Wir wurden für alles und jedes bestraft, auch für das, was Schwester Maria nicht sah.

Es fanden sich immer welche, die bei der Schwester Liebkind sein wollten. Dass ich oft ungerecht bestraft wurde, lag auch an meinen Kameraden. Was soll's, Gott liebte mich halt sehr, da konnte man nichts machen.

Überhaupt mussten wir recht zupacken, denn es gab viel zu tun. Heuen, wenden, hacken, Kartoffelkäfer ablesen und Spitzwegerich sammeln. Alle 250 Kinder mussten da mithelfen und das bei jedem Wetter. Mir war es recht, denn ich liebte es, dafür nicht in der Schule zu leiden und fern von Schwester Maria und den Kameraden zu sein. Wenn wir so beschäftigt waren, hatte ich dank dem Bauern immer eine besondere Aufgabe, die mich von den anderen trennte. Ich wusste, er hatte mich irgendwie nach Möglichkeit immer beschützt, in dem er mich zu sich nahm, denn im Sommer auf den Feldern hatte er das Sagen. Das war gut für mich und schlecht für Schwester Maria, die mich dann nicht unter Kontrolle hatte. Einmal musste ich unter einem Holzbock, der vor dem Stall aufgestellt war, mit einem Kübel hocken. Es war sehr heiss und roch sehr speziell. Eine Art Rohr hing hinunter, unter das ich den Kübel halten musste.

Der Bauer erklärte mir, um neue Lisas zu bekommen, müsste der Papa der Kühe auf diesen Bock steigen. Ich müsse aufpassen, dass keine Lisas verloren gingen, es sei sehr kostbar, was da aus dem Schlauch käme. Ich war mächtig stolz, dass ich mithalf, neue Lisas zu machen.

Ich sagte es dann auch Lisa immer voller Stolz, dass ich ihr gerade zu neuen Geschwistern verhalf, wofür sich Lisa mit einem »Muuuh« bedankte. Ich durfte auch dabei sein, wenn die Kälber das erste Mal auf die Weiden kamen. Es war ein »Gaudi«, wie sie umhertollten.

Der Abschied naht

Eigentlich wusste ich, dass alles ein Ende hat, wie der langweilige Gottesdienst. Doch ich wollte es so lange wie möglich verdrängen. Heute reiste mein Vater, den ich sehr, sehr gerne bekommen hatte, wieder ab. Ein Vater, den ich erst vor zwei Tagen kennen lernte und der mir so vieles gebracht hatte. Ein Vater, der da war, mit dem man lachen und »Seich« machen konnte. Ein toller Freund und Kollege!

Ich hatte in all den Tagen weder Schläge noch Strafen bekommen, hatte genügend zu Essen und keine Machtkämpfe, also keine Bauchkrämpfe oder andere Schmerzen. Ausser dass mein Knie noch schmerzte, de »Dubel«, de Fritz. Doch mit den Freuden und dem Lachen war alles nur halb so schlimm. Schlimm war jedoch, dass ich wenig Zeit hatte und auch ein schlechtes Gewissen meiner lieben Kuh Lisa gegenüber.

Sicher war sie sehr traurig und frustriert, dass ich sie nicht so oft besuchte. Aber sie ist ja eine verständnisvolle Kuh, und wenn ich ihr wieder etwas zum Naschen mitbringe, wird sie zufrieden sein.

Heute war ich etwas verspätet, mein Vater wartete schon im Hof vor der Kapelle.

Ich hatte mich verschlafen, und die anderen Kinder hatten mich nicht wach gekriegt. Erst als Schwester

Maria mir mit einem nassen Waschlappen über das Gesicht fuhr, schreckte ich auf. Ich hatte so schön geträumt und war weit weg mit meinem neuen Vater. Vater war das Stichwort. Ich schoss wie eine Rakete aus dem Bett, waschen und anziehen; ich tat alles miteinander. Ich bemerkte keines der Kinder, ich war jetzt so bei mir und mit mir beschäftigt. Vater stand also im Hof und schaute zu, wie jemand vom Personal fünfzehn Säcke Kartoffeln in eine Türe neben der Kirche brachte. Wir umarmten uns stürmisch, denn ich hatte mich so sehr auf die Liebkosungen meines Vaters gefreut. Irgendwie fühlte ich mich geborgen in seinen Armen, und ich genoss seine Wärme und seinen Geruch. Er fragte mich nach einiger Zeit, als wir wieder die Umwelt wahrnahmen, was das neben der Kirche sei. Ich wollte es ihm jetzt nicht sagen, später vielleicht und so sagte ich: »Es ist bloss ein Lager für das Gemüse.« »Ha, so«, sagte mein Vater und war damit zufrieden.

Ich war aber wieder unterwegs mit meinen Gedanken, wie so oft.

Die Maiandacht war für mich immer ein »Gräuel«, jeden Tag mussten wir einen ganzen langen Monat Abend für Abend in die Kirche. Eben sind die Tage länger geworden, und schon mussten wir diese schöne Zeit für den lieben Gott opfern. Ich habe nie begriffen, dass der liebe Gott so auf unsere Zeit angewiesen war. Wir beteten immer einen langen Rosenkranz, der kein Ende nehmen wollte.

Im Mai war es üblich, dass man das Silo für Winter-futter, das jetzt leer war, reinigte. Das Silofutter wurde mit dem normalen Futter vermischt und so auch ge-streckt. Jedenfalls war das Einfüllen und Reinigen eine Heidenarbeit. Mein Bauer und ich hatten es mit der doofen Magd gereinigt. Die Magd hatte ich nie aus-stehen können, weil ich eine Abneigung gegen sie hatte. Sie roch auch immer so stark, wie jetzt das Silo. Und sie stampfte und schlurfte durch den Stall wie eine Dampflokomotive. Ihre Haare waren so wirr, ich ekelte mich richtig. Nie hatte sie ein liebes Wort übrig. Ich streckte ihr auch immer die Zunge raus, wenn es der Bauer oder die Bäuerin nicht sahen. Doch arbeiten konnte sie für drei, und das war dem Bauern recht. So reinigten wir das Silo, mein Bauer, die doofe Magd und ich.

Die Maiandacht wurde mit einer Glocke von der Hauskapelle eingeläutet, zirka fünfzehn Minuten vor Beginn. Ich rannte also, um nicht zu spät zu kommen. Wer nicht erschien oder zu spät kam, wurde mit einer Strafe oder einer Ohrfeige »belohnt«.

Da ich wie immer aus etwas ganz Wichtigem gerissen wurde und mit der Zeit sowieso auf Kriegsfuss stand, war ich spät dran. Damit ich einer Ohrfeige entgehen konnte, reichte es nur zum Waschen der Hände, für mehr nicht. Jedes Kind hatte einen festen Platz, meiner war in der 24. Reihe in der Mitte einer Bank. So konn-ten die Schwestern besser kontrollieren und beobach-ten. Dass man die ganze Zeit knien musste, war laut Schwester Maria dem lieben Gott nur recht, was ich auch nicht begriffen habe. Ich habe in Sachen »lieber Gott« vieles nicht verstanden.

Es entstand eine nervöse Unruhe um mich herum, ich hatte nicht bemerkt, dass ich durch meinen Gestank der Urheber der Nervosität war. Immer weiter rutschten die anderen Kinder in einem grösseren Umkreis von mir weg. Die Aufsicht kam nach einiger Zeit in meine Nähe und dann war es nur noch eine kurze Zeit, bis ich gebeten wurde, nie mehr so in die Maiandacht zu kommen. Ich wollte dies eigentlich schon immer, aber ich war doch sehr überrascht. Gerne kam ich der Aufforderung nach, wenn ich schon so lieb darum gebeten wurde. Dass es dem lieben Gott oft auch stinkt, wenn einer stinkt, machte ihn doch sehr menschlich, dachte ich. Von da an musste ich jeden Tag im Mai helfen, das Silo zu reinigen. Dabei lag ich irgendwo auf der Heubühne, neckte die doofe Magd und freute mich über die feine Nase der Schwester, der Kinder und des lieben Gottes.

Unter der Hauskapelle waren noch einige Räume, die ich eigentlich nicht so liebte. Neben dem Eingang zur Kapelle gab es eine Tür, wir nannten sie die Tür zur Hölle. Eine steile Stufe führte tief hinunter in einen sehr langen fensterlosen Gang. Schummriges Licht machte das Ganze unheimlich. Ein Raum, den man zwar Zimmer nannte, der aber einer Zelle ähnlich war. Nichts war darin, kein Tageslicht, kein Stuhl, einfach nichts. Es war eines der Strafzimmer, das ich ja sehr gut kannte. Hier musste man in einer Ecke stehen und warten, bis man geholt wurde, um so über seine Fehler nachzudenken, sagte man uns. Im Übrigen war es Mode, immer und überall einen Sünder in die Ecke zu stellen.

Neben diesem Raum mussten wir Hunderte, ja für mich Tausende Kartoffeln rüsten und durften dabei nicht reden. Ab und zu wurden dabei Geschichten erzählt, die uns wenigstens die Arbeit erleichterten. Für 250 Kinder und das ganze Personal mussten wir Kartoffeln und diverse Gemüse und Randen rüsten. Die Randen hatte ich nicht gerne, ich sah danach immer aus, als sei ich selber geschlachtet worden. Jeder hatte einen Kübel neben sich und musste Kartoffeln schälen. Ungefähr zehn Leidensgenossen hockten still da, und nur das Plumpsen der geschälten Kartoffeln, die wir ins Wasser warfen, unterbrach die Stille. Meistens kontrollierte eine Schwester unsere Aufgabe. Der Haufen Kartoffeln war also in der Mitte und wir auf Hockern darum herum. Am Anfang konnten wir den anderen gegenüber nicht sehen, so hoch war der Kartoffelberg. Die Luft war schlecht, und es war oft sehr kalt, auch im Sommer. Eine schlechte Beleuchtung gab dem Raum etwas Unheimliches, die Schatten an der Wand, besonders die der Schwester mit ihrem langen Schleier, lösten beängstigende Gefühle aus. Überhaupt hatte ich wegen der Schatten so meine Ängste, ich fühlte mich bedroht und sehr klein. Die Schwestern mit ihren Schleiern liessen mein Herz oft weit nach unten rutschen.

Lieber wäre ich in den Strafraum gegangen, wo es dunkel war, als stundenlang zu schälen und zu schälen, der Berg Kartoffeln wollte und wollte nicht abnehmen, und zwei Tage später taten einem noch immer die Hände vom Rüsten weh. Das alles unter der Kapelle, also an einem Ort, den ich Hölle nannte. Wenn wir alles gereinigt hatten, das gehörte ja auch dazu, konnte ich oft das Tageslicht nicht ertragen und floh in den nächsten Wald, was oft wieder zu einer Strafe führte. Doch es gab auch Geschichten, die die Zeit verkürzten und die Arbeit erleichterten. Es waren oft nicht mehr als zehn Kinder, die das »grosse Los« gezogen hatten, schälen zu dürfen. Irgendetwas bewirkte, dass ich so oft ausgesucht wurde, Geschichten anzuhören. Strafe und dem lieben Gott gefallen, waren untrennbare Begriffe. Mag sein, dass mich die Schwestern dem lieben Gott näher bringen wollten.

Ich musste etwas abwesend gewesen sein, denn ich hörte, wie jemand angsterfüllt meinen Namen sagte: »He, Walti, was ist mit Dir, bist du krank oder was?« Ich merkte erst jetzt, dass es mein Vater war, der sich um mich sorgte. »Nein, nein, ich war in Gedanken eben noch in der Maiandacht.« Und so erzählte ich ihm also dieses und jenes davon, ausser von der Hölle. Ich wusste gar nicht, dass mein Vater so lachen konnte und so lachte ich halt auch mit ihm über mich.

Ich hingegen werde wohl ein Leben lang an diese Zeit zurückdenken müssen. Entweder mit Trauer, dass es vorbei ist oder mit Freude, dass mein Vater doch mal wieder kommen wird.

Wie gesagt trafen wir uns nach dem Morgenessen und der Andacht bei der Heimleitung. In der Hand hatte

Vater einen Sack mit Reiseproviant für die lange Bahnfahrt. Irgendwie spürte ich eine schlechte Stimmung zwischen uns dreien. Ich glaube, dass Schwester Maria sehr froh war, dass alles wieder seine Ordnung bekam und sie ihres Amtes walten konnte, wie immer mit all den gut gemeinten Strafen.

Doch bei Vater war es Dankbarkeit für das Essen und die herrliche Unterkunft und die Zeit, die wir zusammen verbrachten. Unser Lachen, unsere Tränen, unsere Gefühle, unser Spielen waren für mich wie Weihnachten, Ostern oder Ferien. Mit gedrückter Stimmung gingen wir Richtung Bahnhof.

Beim Bauern und seiner Frau hatte sich Vater gestern Abend noch verabschiedet. In der Zeit, in der ich in der Abendandacht war. Nun ging es in Richtung Hilda. Hilda, die ich noch nie ausserhalb ihres Ladens gesehen hatte, sie musste ja meine »Däfelibank« bewachen, sass vor dem Haus auf einer Bank, auf der ich schon oft sass, um alleine zu sein. Sie lächelte, als sie meinen Vater und mich erkannte. »Hallo, Walti, grüezi Vater«, sagte sie, als wir zum Haus kamen. Mit einem sehr seltsamen Ton sagte sie: »So jetzt bisch de wieder allei.« Es durchfuhr mich wie ein Blitz. Ängste, ja Panik erfassten mich und ich glaubte, ich müsste schreien. Es war wie am Anfang, als ich auf dem gleichen Weg gekommen war, hatte ich auch diese Gefühle: Jetzt kam noch die Trauer, ja unsagbare Trauer dazu. Ich werde in Kürze wieder allein sein.

Ausgeliefert den Kameraden und Schwester Maria, die ja einiges aufzuholen hatte, sie konnte ja kein schlechtes Bild abgeben. Doch jetzt war es doch etwas anders, ich hatte einen Vater, den alle sehen und anfassen konnten. Ich konnte meine Eltern vorzeigen und erst noch aus Amerika.

Vater nahm mich an der Hand, als er sich von Hilda verabschiedete und wir Richtung Bahnhof gingen. Als wir am Nussbaum vorbeikamen, hörten wir die Kirchturmuhr schlagen. Vater meinte, dass wir noch genügend Zeit hätten. Wir setzten uns unter den Baum. Unser Gefühlsbaum. Nüsse haben doch eine harte Schale, aber einen weichen Kern. Jedenfalls hatte der liebe Gott unsere beiden Schalen geöffnet, so dass das Weiche unserer Gefühle herauskommen konnte.

Auch dieses Mal überkam es uns beide fast zur gleichen Zeit, wir fingen an zu weinen. Ich meine, der Nussbaum wurde durch unsere Tränen reichlich begossen. Jedenfalls waren es nicht dieselben Tränen wie vor Tagen. Nein, es waren Trauer, Dankbarkeit und Freude über das Erlebte. »Schön, dass es dich gibt«, sagte mein Vater, der ja auch Walter hiess. Ich dachte, ja, ja, ich bin auch froh, dass ich dich habe und du mir ganz alleine gehörst, auch wenn du gehen wirst.

»Ich liebe dich, Vaterli«, sagte ich etwas lustig und staunte, dass ich trotz der Tränen und dem Abschied etwas Lustiges in mir hatte. Wir sagten uns noch dies und das. Er versprach mir, was man halt so verspricht beim Abschied: Ferien, Briefe, Päckli, Besuche. Ich wusste, dass dieser Moment bald vorbei sein würde, und so lag ich schweigend in seinem Arm.

Wir standen auf und gingen Hand in Hand zum Bahnhof.

Schon von weitem hörte man das Zischen und Schnauben der Dampflokomotive. Unser Händedruck wurde immer stärker, als wollten wir uns für immer festhalten.

Das Ende eines Traumes

Da kam schon die Dampflokomotive mit lautem Getöse um die Kurve. Mein Vater nahm mich zu sich empor und gab mir einen Kuss, dabei sah ich seine tränenerfüllten Augen. Als der Zug hielt, stieg er in den einzigen Waggon, dabei sagte er kein einziges Wort mehr, ich glaube er konnte nicht, er musste sich zusammenreissen, sonst wäre er, ich weiss nicht was.

Schweigend standen wir uns gegenüber, er am Fenster, ich auf dem Perron, jeder mit den Tränen kämpfend. Laut fing die Lok an zu schnauben, und der Dampf vernebelte die Sicht zwischen uns. Schnell war der Zug aus meiner Sicht, da der Bahnhof ja in einer Kurve lag. Ich stand also auf dem Perron. Was war geschehen, alles war aufgewühlt, war denn alles nur ein Traum? So wie die Dampflokomotive, die mit ihrem Dampf alles vernebelte und für Momente die Realität verschleierte, suchte ich nach dem, was ist.

Nach einiger Zeit wurde die Sicht frei, und ich sah einen Mann auf dem Perron stehen. Ich wusste, dass dies nun mein wirklicher Vater sein musste.

Der Wunsch- und Traumvater ist gerade mit diesem Zug gegangen und mit ihm im Gepäck die Gefühle, die Tränen und die Liebe.

Es war ein anderer Vater, der da gekommen ist.

Es war der Traum, wie ich einen Vater zu erleben hoffte. Ein Traum der Gefühle, der Hoffnung, der

Liebe, die es für mich so nie gegeben hatte. Ich sass nie auf meines Vaters Knie.

Nachwort

Einige Jahre meiner Kindheit verbrachte ich in einem Heim mit 250 Kindern. Meine Eltern waren aus gesundheitlichen Gründen nicht in der Lage, für mich zu sorgen. Wenn man in einem grossen See ums Überleben kämpfen muss, ist es egal, wer noch daneben schwimmt. Ich brauchte meine ganze Kraft zum Schwimmen, um nicht unterzugehen. Es gab zu viele von diesen Kindern, die es nicht schafften.
Ich habe es geschafft. Durch spätere wertvolle Erfahrungen und Beziehungen mit liebenden Menschen und durch Therapien habe ich begonnen, mich selbst zu entdecken und wertzuschätzen. Dem Therapeuten, Josef Vetter, möchte ich besonders danken. Er hat mich ermuntert, den einsamen Walter aus der Kinderzeit sprechen, weinen und klagen zu lassen und die Erfahrungen aufzuschreiben.
Die Erzählung gibt die Gedanken, Gefühle, Träume und Wünsche des siebenjährigen Kindes wieder, das auf der Suche nach seinem Wunschvater Traum und Wirklichkeit vermischt.